KB044513

요리가 전부는 아니지만

새로운 맛으로
자신의 멋을 만든 여성들

요리가 전부는 아니지만

새로운 맛으로
자신의 멋을 만든 여성들

김나영·이은솔 지음

넥스트

프롤로그

'요식업계는 여성들이 일하기 어려운 곳이다'라고 흔히들 말합니다. 그다음 말을 찾고 싶었습니다. 왜 어려운지, 옛날엔 그랬는데 지금은 어떻다든지, 다른 업계도 마찬가지라든지, 성별을 떠나 원래 힘들다든지. 그 답을 찾기 위해 아홉 명의 인터뷰이를 만났습니다. 수십 번 "왜일까요?"라는 질문을 던지고, 그보다 더 많은 답을 듣고, 비로소 생각했습니다. 다음 말을 찾는 것은 의미가 없다고요.

이야기는 새로 쓰면 된다는 사실을 깨닫고, 모든 것이 명확해졌습니다. 우리의 언어로 삼을 수 있는 말은 많다는 것을요. 아홉 명의 인터뷰이들은 외식업계에서 일하고 있다는 사실 외에, 이들 각자의 삶은 전부 다릅니다. 만든 사람이나 먹는 사람에 따라 세상에 똑같은 맛은 없는 것처럼 인터뷰이들도 자신만의 새로운 맛을 찾아 걸어왔습니다. 그리고 그들이 걸어온 길은 각기 다른 멋을 가지고 있어 가만히 들여다보게 됩니다.

미토우의 김보미 셰프, 라라관의 김윤혜 셰프, 그리고 한식의 대가로 자리매김한 조희숙 셰프는 오너 셰프로서 자신만의 요리 철학을 바탕으로 노력하되 타협하지 않는 단단한 길을 걸어왔습니다. 한편 요식업 하면 셰프부터 떠올리기 마련이지만 조금은 남다른 길을 걸어온 사람들이 있습니다. 푸드 콘텐츠 디렉터 김혜준 대표, 교수이자 연구가 신계숙 교수, 메뉴 개발자 최현정 셰프가 그 길을 걸어온 이들입니다. 김나운, 이슬기, 정혜민 셰프는 앞으로 어떤 맛과 멋을 보여줄지 기대되는 새로운 길을 만들어가고 있습니다. 세상을 살아가는 데 요리가 '전부는 아니지만,' 이들은 요리를 전부로 삼기로 결정했습니다. 그들이 선택한 그 길에는 어떤 일들이 있었고, 또 어떤 일들이 있을까요.

살아가면서 꼭 롤모델이 필요하다고 생각해본 적은 없습니다. 아무도 가본 적 없는 길이라면 내가 탐험해보면 된다는 생각을 했었죠. 하지만 어느 순간, 제 10년 후 모습이 전혀 그려지지 않기 시작한 바로 그때, 롤모델이 왜 중요한지 비로소 이해했습니다. 롤모델이란 따르고 싶은 완성된 작품이 아니라, 나의 미래를 상상할 수 있게 해주는 첫 번째 스케치라는 것을요.

요리의 세계가 궁금했던, 요식업계에서 일해보고 싶었던 사람들은 이 책을 읽으면서 자신의 미래를 차근히 그려볼 수 있을 것입니다. 마주하게 될 현실적인 세계와, 그 세계에서 펼쳐질 이상적인 미래를요. 요식업계만의 이야기가 아니기도 합니다. 자신의 미래를 꿈꾸는 사람이라면 걸어갈, 또는 걸어갈 수도 있는 길에 관한 이야기이기도 합니다.

"당신이 본 것이 당신을 만든다You can't be what you can't see." 미국의 변호사 마리안 라이트 에델먼*Marian Wright Edelman이 1959년 스펠먼 대학교 졸업식에서 했던 말로, '사람은 자신이 보지 못했던 것이 될 수 없다'는 뜻입니다. 내일의 나의 모습이 잘 그려지지 않을 때, 이 아홉 명의 이야기를 통해 조금 더 선명한 모습을 상상할 수 있기를 바랍니다. 이 길을 이미 걸었던 사람들이 있고, 동시에 이 길을 함께 걸어가는 동료가 있다는 사실을 기억한다면, 우리의 세상은 조금 더 넓어질 것입니다.

외식업계를 글과 사진으로 펼쳐 보이는 콘텐츠 제작자로 일하며, 이 이야기를 세상에 꼭 내보이고 싶다고 생각한 지 4년이 되었습니다. 그리고 마침내 책이라는 형태로 여러분을 만나게 되었습니다. 저희를 믿어주시고, 자신의 삶을 솔직하게 전해주신 인터뷰이 분들께 감사 인사를 전합니다. 그리고 각자의 자리에서 매일 한 걸음씩 걸어가고 있는 분들께도 이 책으로 응원의 인사를 건넵니다.

김나영, 이은솔

---

* 그는 흑인 여성 최초로 미시시피 법정에 섰으며, 미국 전 국무장관 힐러리 클린턴의 멘토이자 미국 아동보호기금의 수장입니다.

차례

단단한 길

새로운 길

남다른 길

'요식업' 하면 음식의 맛부터 떠올리기 마련이지만, 그것이 전부는 아닙니다. 음식을 먹는 장소의 분위기, 이 음식이 전해져 내려오며 품은 이야기, 이 음식을 우리 앞에 내기 위해 지금까지 없던 특별한 맛을 만들어낸 이들이 있습니다. 푸드 콘텐츠 디렉터 김혜준 대표, 배화여대 교수이자 연구가 신계숙 교수, 맥도날드 메뉴 개발자 최현정 셰프. 이들은 요리의 최전선, 대중으로 향하는 출발점에서 자신만의 길을 만들었습니다. 요식업의 외연을 넓힌 그들의 이야기를 들어봤습니다.

푸드 콘텐츠 디렉터

김혜준 대표

맛을 둘러싼 총체적인 경험을 디자인하는 사람

'여행을 사랑하는 당신의 빵요정.' 김혜준 대표의 블로그에는 이렇게 적혀 있습니다. 친근하고도 따끈한, 보기만 해도 맛있는 이야기를 할 것만 같죠. 빵요정으로 대중에게 자신을 브랜딩한 김혜준 대표는 사실 다른 이들을 브랜딩하는 우리나라 최초의 푸드 콘텐츠 디렉터입니다. 생산자인 셰프와 소비자인 손님으로 양분되는 외식업계에 새로운 영역을 개척해온 사람이죠.

레스토랑을 일구는 데 필요한 생산자들을 연결하고, 아이디어를 내고, 컨셉을 정해 레스토랑을 하나의 브랜드로 만드는 일에서 자신의 실력을 발휘하고 있습니다. 셀프 브랜딩 시대에 자신을 브랜딩할 줄 알고, 더 나아가 다른 이들도 브랜딩하며 언제나 사람들보다 한발 앞서 세상을 바라봅니다. 그리고 자신이 보고 좋은 것들을 다른 사람들과 나누기 위해 또 다시 콘텐츠를 만듭니다.

Kim Hye Joon

프랑스 레스토랑 홀매니저로 일하다 '르꼬르동블루 숙명아카데미'에 입학해 제과를 공부했다. '나폴레옹 과자점'에 입사해 빵과 샌드위치를 만들고, 브런치 메뉴를 개발했다. 이후 인천문예대학교 교수직을 역임하고, 샘표 글로벌 프로젝트를 진행했다. 《작은 빵집이 맛있다》 등 책과 칼럼을 썼다. 현재 푸드 콘텐츠 디렉터이자 김혜준컴퍼니의 대표로 활동하며 한국 다이닝 신에 새로운 길을 개척하고 있다.

레스토랑이 있기까지
모든 것을 연결하는 기술자예요

'외식업계는 생산자와 소비자, 기술자에 의해 구성된다'고 말씀하신 적이 있어요. 외식업계와 콘텐츠 업계 사이에서, '푸드 콘텐츠 디렉터'인 대표님은 생산자인가요, 기술자인가요? 저는 대표님이 생산자에 더 가깝지 않은가 생각했어요.

어떻게 보면 생산자가 맞기도 해요. 저 또한 스스로 콘텐츠를 만드는 사람이니까요. 어떤 매체에 기고하거나, 강의할 때 저 또한 콘텐츠를 가진 사람이 되고, 그럴 때 저는 생산자예요. 하지만 본질적으로는 기술자에 더 가깝다고 봐요. 기술자는 생산자와 소비자 사이를 연결하는 사람이에요. 지금의 저에게 사람들이 원하는 것은 아이디어를 다듬어 명확한 컨셉을 만들고, 공간을 채우는 거예요. 결국은 좋은 생산자를 연결하는 기술자에 가까워요.

그렇다면 콘텐츠 생산자가 아닌, 기술자로서 푸드 콘텐츠를 '디렉팅'한다는 것은 무엇인가요?

콘텐츠라고 하면 보통 글이나 사진 등 단편적으로 생각하기 쉬운데, 콘텐츠는 생각보다 범위가 넓어요. 저는 콘텐츠를 '알맹이'라고 표현해요. 그 사람이 가지고 있는 능력이자 그 사람만이 할 수 있는 기술이죠. 그 사람의 시야가 점점 넓어지면서 이 알맹이는 무형의 기술이 되기도 하고, 공간이 되기도 하고, 제품이 되기도 해요. 정말 일상의 모든 것이 콘텐츠가 될 수 있죠.

푸드 콘텐츠는 음식이라는 콘텐츠를 중심으로 이어지거나 연결되는 수많은 형태의 무언가예요. '디렉팅'이라는 것은 기본적으로 콘텐츠를 가진 사람들과 그 콘텐츠를 필요로 하는 사람들을 연결해주는 일이고요. 그런 의미에서 저는 다리 역할을 하는 사람이라고 생각해요. 특정 직군의 사람들을 연결해 시너지가 날 수 있는 방향을 제시해주는 거죠.

조금 더 쉽게 설명해볼게요. 여기 새로 레스토랑을 열고 싶은 사람이 있어요. 그런데 이 사람은 요리사도 아니고, 레스토랑을 자주 경험해본 사람도 아니에요. 자본은 있지만 소비자의 취향이나 이 업계에 대한 이해도가 낮은 사람인 거죠. 그럴 때 결국 그 부분을 알려줄 사람이 필요한데 "누구한테 물어봐야 하지?"라고 할 때, 사람들은 저를 찾아와요. 그럼 저는 음식이라는 기술과 콘텐츠를 가진 셰프를 그 사람과 이어줘요. 여기에 음식을 담아줄 그릇을 만드는 도예가나, 공간을 꾸며주는 패브릭 전문가를 연결하기도 하는 거죠. 그렇게 수많은 콘텐츠들을 연결하고 묶어서 레스토랑이라는 커다란 프로젝트를 완성해요. 저는 그 과정의 모든 것을 연결하는 기술자예요.

셰프, 도예가, 패브릭 전문가 등 각기 다른 이들이 긴밀히 연결되

면서 하나의 레스토랑과 이미지를 만들고, 사람들에게 특정 인상을 주면서 브랜드로 인식되는 것 같아요. 이 과정에서 푸드 콘텐츠 디렉터의 능력이 가장 빛을 발하고요.

사실 제가 브랜딩을 할 거라고는 생각해보지 않았어요. 이 전까지는 책 쓰는 일에 조금 더 초점을 맞추고 있었고요. 그러다 갑자기 외식업 쪽의 일로 확장된 거죠. 많은 일을 했지만, 샘표와 함께했던 '장 프로젝트'가 브랜딩으로 이어지는 가장 큰 전환점이었던 것 같아요. 저는 당시 샘표에서 1년간 계약을 맺은 유일한 외부 컨설턴트였어요. 저의 존재가 굉장히 이례적이었다고 하더라고요.

장 프로젝트는 한국의 장을 세계에 알리는 프로젝트였어요. 굉장히 당연하고 일상적인 것이라 그 중요성을 잘 인지하고 있지 못한데 사실 우리나라 식문화의 가장 근본에 있는 것이 장이거든요. 그래서 장에 대한 정확한 정보와 다양한 레시피를 연구해서 해외에 공유하자는 거였죠. 저는 장 프로젝트의 매니저로서 국내외 셰프들의 네트워크를 관리하는 역할을 맡았어요.

제가 미국에 다녀온 지 오래되지 않았을 때였거든요. 가족들이 미국에 살고 있어서요. 그래서 좀 겁 없이 영어를 했어요. 반면 그때 샘표에는 영어로 커뮤니케이션을 할 수 있는 사람이 많지 않아서 제가 해외 셰프들을 초청하거나 의전하는 일을 담당한 거죠. 제가 워낙 외향적이고, 관계도 잘 맺다 보니 제가 그 역

BRUTUS
フローリスト

'디렉팅'이라는 것은 기본적으로
콘텐츠를 가진 사람들과
그 콘텐츠를 필요로 하는 사람들을
연결해주는 일이에요.

할에 맞는 사람이라고 생각하셨던 것 같아요.

이후에 청와대 만찬 스토리텔링과 한식문화관 관련 일을 맡았는데 그때 공부한 것들이 그후 일하는 데도 도움이 많이 됐어요.

그렇다면 브랜딩을 일로서, 본격적으로 시작하신 건 언제인가요?
2017년에 뉴코리안 파인다이닝을 선보이는 강민구 셰프가 레스토랑 밍글스를 이전하면서 연락해왔어요. 본인은 객관적인 사람인데, 요리 이외의 공간에 대해서는 도움이 필요하다는 것을 알고 있다면서요. 새로운 공간에서 밍글스를 선보이기 위해 다양한 부분을 디렉팅하고, 제가 할 수 있는 일이라면 직접 하기도 했어요. 초반에는 심지어 센터피스도 직접 꽂았고, 그릇이나 커트러리 같은 기물들부터 메뉴판 등을 만들 디자이너와도 일하고요. 이렇게 많은 부분에 관여하다 보니 어느 순간 브랜딩으로 묶이게 되더라고요.

이후에 주옥, 경복궁 생과방 등의 브랜딩을 연달아 맡게 됐어요. 어쩌다 보니 한식 베이스로 많은 작업을 했네요. 한식 쪽에 특화된 사람이 된 거죠. 내가 흐름을 주도해온 것이 아니라 시대가 내게 어떤 흐름을 주었던 것 같아요. 마침 그즈음 브랜딩이라는 것이 많이 떠오를 때였고요.

요즘은 브랜딩이라는 말이 흔해졌죠. 익숙한데 막상 설명하려

면 제대로 설명하기 힘든 말이기도 하고요. 대표님이 보기에 브랜딩의 가장 중요한 요소는 무엇인가요?

브랜드에서 가장 중요한 것은 컨셉이 아니라 콘텐츠예요. 컨셉은 콘텐츠를 감싸 안는 역할이죠. 밤만쥬에서도 가장 중요한 건 앙금이잖아요. 빠르게 트렌드를 따라가는 일이 다들 중요하다고 하지만, 저는 오히려 트렌디하지 않은 컨셉을 만들려고 해요. 너무 세련되려고 하지도 않고요. 컨셉은 누구나 흉내낼 수 있어요. 하지만 콘텐츠를 채우는 일은 쉽지 않아요. 레퍼런스를 잘 세워서 완성도 높고 매끈한 비주얼을 만들어도, 콘텐츠가 변하지 않는다면 사람들은 금방 지루해해요. 새로운 콘텐츠를 계속해서 보여줄 수 있어야 하는데, 저는 그 부분을 셰프들에게 맡겨요. 그들의 콘텐츠는 아무나 따라 할 수 있는 것이 아니고, 더욱이 콘텐츠 스스로가 계속해서 발전해나가고 있잖아요. 이게 오너 셰프들과 일하는 것의 가장 큰 장점이기도 해요.

그리고 저는 브랜딩이 끝난 후에 사후 관리가 브랜딩 자체만큼이나 중요하다고 생각해요. 레스토랑을 막 오픈하고 나면 새 공간과 칭찬, 축하 덕분에 자신의 브랜드에 취해 있는 경우가 많거든요. 그럴 때 저는 오히려 제삼자의 눈으로 브랜드를 보기 시작해요. 서비스를 다시 한번 확인하고, 화장실에서 불편한 점은 없는지, 리셉션 공간에서 개선되어야 할 점은 없는지 등 점검해요. 쓴소리하는 사람이 되는 거죠. 그래서 계약 기간을 레스토랑 오픈

전후 3~4개월씩을 잡고 마지막 비용도 오픈 3개월 후에 받아요. 저도 사람이라 돈이 묶여 있어야 열심히 하거든요(웃음). 그리고 공간을 오픈하고 나서도 소비자로서 그 공간을 자주 찾으며 파트너십 관계를 유지하려고 해요.

자신만의 새 브랜드를 만들고 싶은 사람은 무엇부터 시작해야 할까요?

일단 A4용지에 자신이 잘하는 것을 적어보세요. 그다음에는 자신이 운용할 수 있는 자본과 인력 같은 인프라를 정리해보고요. 지금의 나를 객관적으로 바라보는 게 중요해요. 내가 하고 싶은 것이 실현 가능한지 알아보는 것이 브랜딩의 시작이에요. 사실 그걸 못해서 브랜딩을 해줄 사람을 구하는 거거든요.

그다음에는 컨셉을 잡아요. 브랜딩은 수많은 요소가 모여 완성되는 것인데, 컨셉이 선명해야 각 요소가 제자리를 찾아요. 그런 후에 컨셉을 설명해줄 키워드와 주력으로 선보이고 싶은 콘텐츠를 정리하는 거예요. 내가 할 수 있는 일과 할 수 없는 일을 구분하고, 할 수 없는 일 중에 어떤 부분을 전문가에게 맡기고, 어떤 부분을 과감하게 포기할지 정하면 브랜딩의 반 이상은 끝난 것으로 생각하면 되고요.

처음에 아무리 견고한 브랜딩 계획을 세워도 막상 오픈하고 나면 바뀌는 부분이 많아요. 소비자 피드백에 따라 바뀌기도 하고,

운영상의 변수도 있고요. 그런 부분에 유연하게 대처할 수 있어야 해요. 하나 팁을 주자면요, 의외로 사람들은 돈을 많이 쓴 큰 부분보다 작은 디테일에 크게 감동해요.

그러고 보니 저도 디테일한 부분에서 손님을 신경쓰고 있다는 것이 느껴질 때 감동했던 것 같아요. 인테리어 같은 부분은 아름답다고 생각해도 감동까지는 받지 않는데, 레스토랑에 갔을 때 제 이름이 적힌 메뉴판 같은 것들을 보면 정말 대우받는 기분이고요.

셰프라는 콘텐츠가 있고, 자본이 있고, 인프라가 있어서 레스토랑을 열었잖아요. 이제 음식만 만들면 되겠다고 생각하기 쉽지만 실제로 소비자는 그 외의 것을 궁금해해요. 음식이 모든 걸 설명해줄 수 없으니까요. 그러니까 메뉴나 그리팅 카드 같은 방법으로 손님들에게 끊임없이 이야기하는 거예요. 우리는 누구고, 어떤 사람들이고, 어떤 공간이고, 당신이 어떤 것을 경험했으면 좋겠다고. 그런 디테일을 통해 브랜드 아이덴티티를 완성할 수 있어요.

브랜딩의 핵심은 내부 고객과 외부 고객의 방향과 말을 맞추는 일이라고 생각해요. 같은 프로젝트를 하더라도 사람마다 생각이 다를 수밖에 없잖아요. 그렇더라도 내부 사람들은 브랜드를 같은 방향으로 이해하고 있어야 소비자에게도 정확하게 소개하고 판매할 수 있어요. 브랜딩 전문가로서 저의 일은 그 방향을 제안하고 목표를 모두에게 인지시키는 거고요. 목표에 대해 계속 이야기하지 않으면 산으로 가기 정말 쉽거든요. 마케팅은 그 목표를 더 많은 사람, 잠재 고객에게 퍼뜨리는 방법 중 하나인 거죠.

그럼 마케팅이 잘 되는, 수익이 많이 나는 마케팅을 가능하게 하는 브랜딩이 좋은 브랜딩일까요?

그렇지 않다고 봐요. 성공적인 마케팅을 위해 좋은 브랜드가 있어야 하는 것은 맞지만, 좋은 브랜드의 마케팅이 늘 성공하는 것은 아니잖아요. 앞서 간단히 말했지만 브랜딩과 마케팅은 목적이 달라요. 사람들은 브랜딩을 통해서 수익이 많이 늘어날 것으로 생각하지만, 수익을 내는 요소는 마케팅이에요.

프로젝트를 시작할 때 클라이언트에게 늘 하는 말이 있어요. 제 브랜딩이 매출을 올려줄 수는 없다고요. 저는 브랜드를 안팎으로 견고하게 쌓아 올리는, 이미지를 빌드업build up하는 사람이에요. 저는 마케팅하는 사람이 아니다 보니 매출에는 크게 신경 쓰지 않아요.

마케팅과 브랜딩 중에 무엇이 더 중요하다고 생각하세요?

둘 다 굉장히 중요하죠. 다만 브랜딩은 마케팅보다 호흡이 길어요. 단기적인 매출 증가를 원한다면 마케팅을, 브랜드의 장기적인 지속성에 대해 고민한다면 브랜딩을 선택해야죠. 어떤 것을 선택

할지는 클라이언트의 결정에 따라 달라지는 거죠. 지금 내 브랜드가 어떤 상황인지 고려해보면 답은 쉽게 알 수 있을 거예요.

어떤 브랜딩이 좋은 브랜딩인가요?

좋은 브랜딩이 무엇이라고 콕 집어 말할 수는 없을 것 같아요. 다만 저는 일본의 브랜딩 케이스들의 영향을 많이 받았어요. 예컨대 한 번은 브리콜라주Bricolage라는 곳의 기획자를 인터뷰할 일이 있었어요. 이 공간은 어떤 공간이고, 왜 만들었고, 컨셉은 뭐고, 그런 것들이 궁금했거든요. 근데 그 기획자는 이렇게 말하더라고요. "이곳은 모두가 행복해지는 공간이야." 일본 드라마 결말 같잖아요? 처음에는 그냥 추상적인 목표를 이야기하는 건 줄 알았어요. 알고 보니 실제로 '모두의 행복'을 목표로 두고 공간을 통해 구현했더라고요.

그곳에서 일하는 스탭뿐 아니라 청소하는 사람도 행복할 수 있는 시스템을 구축하고, 어린아이부터 나이 든 분들, 장애인들도 편하게 공간을 이용할 수 있게 만들었어요. 경사로를 만들고, 아기 의자를 가져다 두고, 모든 통로는 휠체어가 지나갈 수 있을 정도의 너비고요. 거기서 멈추지 않고, 지역의 식재료를 사용하고, 좋은 생산자를 찾아내 판로를 만들어주는 등 '옳은' 방향으로 나아가기 위해 전방위적으로 노력하고 있었어요. 그런 많은 부분의 디테일을 정말 얄미울 만큼 잘 설계해두었더라고요.

그 인터뷰 이후에 브랜딩에 대한 생각이 조금 바뀌었어요. 공간에 어울리는 의미를 부여할 수 있는 브랜딩을 해야겠다, 그런 사람이 되고 싶다고 생각했어요. 지금도 어떤 브랜드와 공간을 디렉팅할 때 지속가능성을 중심에 두고 가능한 많은 부분에서 구현하려고 해요.

내 힘이 빠질 때
줄을 당겨주는 사람 덕에 균형을 잡아요

한 레스토랑의 브랜딩 일을 맡을 때마다 오브제, 커트러리, 그릇 등 다양한 부분을 신경쓰시는데, 각 부분에 꼭 맞는 작품들을 찾아내는 것도 엄청 힘든 일인 것 같아요. 좋은 취향을 갖기 위해 어떤 노력을 하고 계신가요?

사람들은 제가 제안하는 취향을 갖고 싶어서 비용을 지불하는 거잖아요. 다양한 문화에 대한 취향을 제안하기 위해서는 저도 지속적으로 다양한 것을 경험해야 해요. 저도 제가 좋아하지 않던 스타일의 예술 작품을 접하는 등 전혀 다른 시도를 계속해나가고 있어요. 사실 저는 아무것도 안 하고 누워 있는 것을 가장 좋아하는 사람이지만 일을 하려다 보니 트렌드 페어, 공예 페어 등에 열심히 가는 거죠.

대표님의 취향이 곧 일이 되는 거네요. 일과 삶의 경계가 명확하지 않을 때, 대표님처럼 일이 곧 삶일 때 더 쉽게 피로해지고 번아웃에 빠질 위험이 높아지잖아요. 지속가능한 일하기를 위해 어떤 노력을 기울이고 계신가요?

예전에는 사실 지속가능한 일하기에 대해 크게 생각하지 않았어요. 저를 객관적으로 제일 오래 봐온 사람이 《작은 빵집이 맛있다》를 냈던 출판사 대표님이시거든요. 그분이 전에 '혜준 작가님은 되게 짧은 시간 내에 성장한 분인 것 같다'고 하시더라고요.

사실 제가 그동안 한 길을 올곧게 걸어온 게 아니에요. 어떤 방향성을 정하고 움직인 것도 아니고요. 저는 인생을 살면서 뚜렷한 목표를 세우지 않아요. 일단 지금의 프로젝트를 무사히 끝내는 데 집중하고, '이 다음엔 이걸 해볼까?' 하고 움직이는 성향이죠.

그런 저도 지금은 일과 삶의 경계에 대해 고민하고, 지속가능한 일하기는 정말 중요하다고 생각해요. 그래서 일하는 시간과 아닌 시간을 명확하게 구분하는 것부터 시작했어요. 치열하게 일하는 시간이 있다면 그냥 아무것도 하지 않고 퍼져 있는 시간이 필요해요. 그건 내가 아니면 아무도 조절해줄 수 없어요. 일할 때와는 달리 체계적이진 않지만, 그 덕분에 어떤 목표를 이루지 못했다는 아쉬움도 없어요. 스스로 스트레스를 주지 않으려고 해요. 저는 그냥 장거리 마라톤을 열심히 뛰고 있을 뿐이죠.

다양한 문화에 대한 취향을 제안하기 위해서는
지속적으로 다양한 것을 경험해야 해요.

장거리 마라톤을 완주하려면 신체적인 건강과 정신적인 건강 모두를 지키면서 멈추지 않고 나아가야 할 텐데요, 이 두 건강을 지키는 대표님만의 방법이 있나요?

제 삶은 마라톤이지만, 제가 진행하는 프로젝트의 진행 과정은 줄다리기에 더 가까워요. 줄다리기 하는 내내 줄을 팽팽하게 유지하려면 제가 조금 힘이 빠진 순간에 저를 도와 줄을 당겨줄 사람들이 필요해요. 그래서 다양한 분야의 사람에게서 도움과 조언을 받고 있어요.

새로운 프로젝트를 하면 서툰 부분이 있을 수밖에 없잖아요. 그럴 때는 공부해서 직접 해낼 수 있는 일인지, 아니면 내 역량 밖의 일이라 외주를 줘야 하는지 빠르게 결정해야 해요. 이런 순간에 조언을 구할 수 있는 파트너들이 있어요. 짧게는 7~8년에서 길게는 15년 이상 함께해온 파트너들 덕분에 일뿐 아니라 삶에서도 균형을 유지할 수 있었어요.

혼자 일하시는 것처럼 보이지만 사실 수많은 파트너와 일하고 있는 셈이네요. '김혜준' 하면 빼놓을 수 없는 것이 광범위한 인맥이잖아요. 업계에서 대표님을 모르는 사람을 찾기 어려울 정도로요. 어떻게 하면 사람들과 좋은 관계를 만들고 유지할 수 있나요?

서로가 어려워야 해요. 그래야 관계가 유지될 수 있어요. 인맥과

우정은 다르거든요. 우정은 목적이 없는 순수한 관계지만 인맥은 언제든 서로 클라이언트가 될 수 있는 관계예요. 그렇기 때문에 나도 상대가 어려워야 계속 긴장하고 예의를 지킬 수 있고, 상대도 나를 어려워해야 제 일에 정당한 대가를 받을 수 있어요. 지인이면 작업비를 할인해줄 거라고 생각하는 분들이 많은데 사실 진짜 건강한 관계에서는 지인과 일하면 비용을 더 챙겨줘요.

성공하기 위해서는 인맥이 정말 중요하다고 이야기하는 사람들이 많잖아요. 특히 요즘 SNS에서 인플루언서들이 활발하게 활동하면서 인플루언서들과의 인맥이 성공으로 여겨지는 경향이 있는 것 같아요. 그래서 '인맥 쌓기'에 집중하는 사람들이 늘고 있는데, 외식업계에서 성공하기 위해서는 인맥이 꼭 필요하다고 느끼시나요?

초반에는 굉장히 중요할 수 있어요. 특히 프리랜서에겐 인맥을 타고 일이 들어오는 경우가 많으니까요. 하지만 저는 이제 인맥이 그렇게 중요하다고 생각하지 않아요.

대표님처럼 업력이 어느 정도 쌓이면 더이상 인맥이 중요하지 않은 시점이 오는 건가요?

아뇨, 그런 의미가 아니라 인맥이 그렇게까지 중요한 것이 아닌데 우리 사회가 너무 큰 가치를 부여하고 있는 것 같아요. 제가 생각하는 인맥이란 상대방이 무언가 고민하고 있을 때, 도움을 줄 사람을 연결해줄 수 있는 능력이에요. 만나면 시너지 효과가 날 것 같은 사람들을 연결해준다거나. 딱 그 정도의 일인 거예요. 인맥에 너무 의존하는 것은 지양해야 하고요.

어느 순간 그 인맥이 내 발목을 잡는 순간이 와요. 지인이 얽히면 내가 명확하게 요구하거나 컴플레인하기도 쉽지 않고. 요즘 인스타그램에서 형님 동생 하며 서로 밀어주고 끌어주는 사람들이 많잖아요. 근데 소비자들은 다 알아요. 서로 편들어주고 있다는 것도 다 알고요. 그런 인맥은 좋은 효과보다는 나쁜 영향이 더 많을 거예요. 개인적으로도 그렇게 얽힌 일들은 대부분 끝이 좋지 않았어요.

저도 물론 좋아하는 사람들이 있고, 친한 사람들이 있어요. 하지만 저는 제 인맥이나 관계를 상업적으로 생각하지 않아요. 상황에 따라 제가 좋아하는 사람들과 일하게 될 수는 있지만, 인맥을 우선해서 같이 일할 사람을 정하는 경우는 없어요.

경험에 그치는 게 아니라 기록, 아카이빙하세요

요즘은 새로운 영역에서 일을 개척하고 자신의 직업에 이름을 붙이는 사람들이 많아요. 대표님도 '푸드 콘텐츠 디렉터'라는

이름을 만들어내셨고요. 정말 셀프 브랜딩의 시대인 것 같아요. 자신의 일에 새로운 이름을 붙이고, 수많은 외식 브랜드의 색을 찾아내는 브랜딩 전문가로서, 요식업계 사람들을 위한 셀프 브랜딩 팁이 있을까요?

결국 모든 건 내가 한 일을 얼마나 군더더기 없이 잘 설명할 수 있는지에 달려 있어요. 직업에 새로운 이름을 붙이는 것도 사람들에게 내가 어떤 일을 하는 사람인지 직관적으로 알리기 위해서고요. 그러기 위해서는 일단 자신을 객관적으로 봐야 해요. 내가 어떤 사람인지, 무엇을 잘하는 사람인지 정확히 이해하면 나의 능력을 자세히 설명할 수 있거든요.

제가 아까 많은 것들을 경험해봐야 한다고 했잖아요. 거기에 그치는 게 아니라 그 경험을 기록해야 해요. 블로그든 홈페이지든 인스타그램이든 어디든 정리해서 아카이빙한다고 생각해보세요. 주기적으로 업데이트하고요. 나만의 데이터를 만들고 내가 무엇을 하는 사람인지 보여주는 플랫폼이 있으면 좋아요.

대표님도 현장뿐만 아니라 인스타그램, 블로그, 트위터 등 온라인으로도 활발하게 활동하시면서 영역을 넓혀왔다는 생각이 들더라고요. 대표님이 다루신 SNS 채널 중에서 나를 알리는 데 가장 도움이 된 것은 무엇인가요?

뻔한 대답일 수 있지만 그래도 인스타그램이에요. 전에는 블로그를 통해 세상을 만나던 사람들이 이제는 인스타그램으로 넘어왔어요. 블로그에서는 길게, 시리즈로 쓰는 게 인기였지만, 인스타그램에서는 예쁜 이미지와 간결한 텍스트가 더 반응이 좋더라고요. 저도 사람들이 블로그에서 인스타그램으로 넘어오는 시기에 빠르게 맞춰 적응한 편이라 인스타그램을 통해 사람들의 반응을 끌어모을 수 있었죠.

채널 성격에 맞게 콘텐츠의 스타일도 바꾸시는 거군요. 그렇다면 앞으로의 콘텐츠 제작자, 프리랜서들이 자신을 알리기 위해 꼭 이용해야 할 채널은 무엇일까요?

유튜브죠. 저도 유튜브를 열심히 해보려고 했는데, 바쁘니까 제대로 하고 있지는 못한 것 같아요(웃음). 처음에는 굉장히 의욕에 차서 이런저런 콘텐츠를 고민했어요. 최근에 사무실 이사를 했거든요. 그래서 가구 언박싱을 해볼까, 랜선 룸투어를 해볼까 생각하기도 했고요.

그런데 아무래도 불편하더라고요. 내가 꼭 '김혜준'이라는 사람의 인생 모든 부분을 콘텐츠로 활용해야 하나 싶었고요. 그리고 그 자체가 무언가를 과시하는 게 되어버릴까 봐 걱정도 됐어요. 물론 무언가를 과시함으로써 만들어지는 콘텐츠가 있죠. 하지만 그건 제가 만들고 싶은, 제가 꼭 만들어야 하는 콘텐츠가 아니에요. 저의 유튜브 채널은 다른 사람들의 행사에 가서 스케

치하거나, 해외 출장에서 경험한 것들을 보여주는 정도가 맞겠다고 생각했어요. 남의 콘텐츠를 소개하는 역할이면 충분한 거죠.

저는 사실 트위터를 좋아해요. 처음엔 잡지 같은 개념으로 보고 있었는데 어느 순간 배울 점이 정말 많더라고요. 나와 다른 의견, 내가 경험하지 못한 세상이 많다는 것을 염두에 두는 훈련이라고 할까요. 점점 더 모든 영역에서 다양한 종류의 감수성이 중요해지는데 저는 그 감수성을 지키기 위해 어느 정도의 자기검열이 필요하다고 생각해요. 그 부분을 트위터로 많이 배웠고요. 요즘은 제 생각을 강력하게 주장하지 않게 되었어요. 그보다는 나와 다른 의견을 가진 사람들이 여러 이슈에 대해 이야기하는 걸 보면서 스스로 발전할 기회로 삼죠.

내가 하고 싶은 이야기를 잘 전달하고 싶다는 의지가 강하면 어떤 플랫폼이든 자신만의 돌파구를 찾을 수 있어요. 어떻게 보면 당연한 말이지만, 트렌드에 너무 휘둘리지 말고 자신이 지향하는 가치와 비슷한 결의 플랫폼을 선택하세요. 그리고 그 플랫폼을 가장 잘 활용할 수 있는 방법을 고민하면 됩니다.

젊은 콘텐츠 제작자나 셰프들 중에 김혜준 대표님이 걷는 길을 보며 "나도 저런 일을 하고 싶다"는 이야기를 많이 해요. 또 다들 하나같이 하는 말이 어디서 어떻게 시작해야 하는지 모르겠다고요. 이 방면으로 커리어를 만들고 싶은 사람은 어떤 일을,

어디서 시작해야 할까요?

이 일을 하려면 일단 많이 맛보고, 경험해야 해요. '먹느라 가산 탕진하는 거 아니냐'는 말이 나올 만큼 열심히 먹으면서 감각을 익혀야 하죠. 다이닝 신에서 일하고 싶다면 특히나 많이 먹으러 다니는 게 중요해요. 가게의 단골이 되고 자연스럽게 셰프들과 친구가 되면 그들이 무슨 고민을 하는지 알게 되잖아요. 그게 진짜 큰 공부가 돼요. 어떤 부분에 도움이 필요하고, 어떤 부분을 개선할 수 있을지 생각해야 해요.

저는 일본의 파인다이닝 레페르베상스L'Effervscence의 시노부나마에 셰프에게 정말 많이 배웠어요. 제가 몇 년 전에 브랜딩을 맡았던 공간이 있는데, 거기서 첫 식사를 하는 영상을 SNS에 올리자마자 연락을 하더라고요. "사운드 체크 다시 한 번 해야 할 것 같은데, 확인해볼래?" 제가 듣기에는 괜찮았는데, 확인해보니 실제로 스피커에 조금 문제가 있었어요. 나중에 알고 보니 레페르베상스에는 음악감독이나 조명감독을 따로 고용해 운영하고 있대요. 그때 또 많이 배웠죠. 조명이나 음악이 얼마나 중요하고, 어떻게 해야 그 부분까지 완벽하게 할 수 있는지.

사실 많이 먹다 보면 어느 순간 맛있음 자체를 못 느끼는 때가 분명히 와요. 그럴 때는 과감하게 다른 장르를 파야 해요. 미술이나 음악 같은 예술에 관심을 가져도 좋고, 도예나 꽃을 배워도 좋고요. 브랜딩은 하나의 이미지를 구축하는 일이 아니라 총체적인 경험을 디자인하는 일에 더 가까워요. 내가 많은 분야에 대해 알고 있을수록 더 디테일한 경험까지 접근할 수 있으니까, 일단 음식에 대한 감각을 어느 정도 익힌 후에는 최대한 다양한 분야를 이해해보세요.

자신만의 브랜드를 만들고, 새롭게 일을 시작할 때 조심해야 할 부분이 있다면요?

1인 기업이기도 하고 프리랜서이기도 한 포지션으로 일하다 보면 나를 보호할 방법이 많지 않더라고요. 그래서 나를 보호할 수 있는 안전한 방어구가 필요했어요. 저는 사실 오래 봐와서 잘 아는 사람이 아니면 일을 잘 받지 않아요. 제가 잘 이해하고 있는 클라이언트와 일하는 것을 선호하고요. 계약을 맺기까지 꽤 오래 걸리는 편이고요. 일을 진행하기 전에 다방면으로 프로젝트를 확인하기도 해요. 잘 모르는 사람들과 일하면 아무래도 문제가 생겼을 때 쉽게 해결하지 못할 확률이 높아져요.

이제 막 시작하는 사람들이라면 늘 잘 아는 사람들과 일할 수는 없을 거예요. 그럴 때는 자신을 보호할 수 있는 자기만의 방법을 만드는 것이 중요해요. 계약서를 꼼꼼하게 체크하는 일은 생각보다 중요하고, 나를 보호하는 조항을 넣는 것을 두려워하지 마세요.

이 일을 하려면 일단 많이 맛보고, 경험해야 해요.

제가 프리랜서로 일하면서 가장 어려운 게 견적서를 작성하는 일이더라고요. 내 몸값, 내 일에 대한 비용을 어떻게 산정할 수 있나요?

일단 일의 규모를 보고요, 미팅을 얼마나 자주 해야 하는지에 따라서도 차이가 있어요. 가장 중요한 건 내가 이 돈을 받고 계약 기간 동안 지치지 않고 효율적으로 일할 수 있을지 고민해보는 거예요. 일주일 중 이 프로젝트에 얼마나 시간을 쓸 수 있을지 같은 거요. 내가 팔아야 하는 발품과 시간을 계산하는 것도 중요하지만 이 일을 하면서 내가 할 수 없게 되는 다른 많은 일을 생각하면서 기회비용도 따져봐야 하고요. 업계와 일의 종류마다 기본 단가에 차이가 있으니 주변에서 조언을 많이 받는 게 좋아요.

저는 이제 무리하지 않으려고 해요. 너무 바쁘면 제대로 집중할 수 없거든요. 새 프로젝트는 동시에 최대 두 개 정도만 진행하려고 해요.

최근에 '국민육수'라는 육수 다시팩 제품을 론칭하셨어요. 형태가 없는 노동력을 제공하고 보상받는 콘텐츠 제작이나 브랜딩 일은 말 그대로 내가 일한 시간만큼 돈을 버는 일이지만, 제품은 잘 만들어놓기만 하면 내가 일하지 않는 시간에도 돈을 벌 수 있잖아요. 요즘 HMR 제품을 만드는 레스토랑, 셰프가 점점 많아지는 것을 보면서 안정적인 수입원을 만드는 것의 중요성에

대해 생각했어요.

돈이 안정적으로 돌아가는 구조를 만드는 일은 중요해요, 확실히. 레스토랑이나 셰프들이 가정간편식(HMR), 레스토랑간편식(RMR) 업계에 진출하는 건 코로나19 시대의 새로운 트렌드인 것 같아요. 레스토랑에 오지 않아도 맛볼 수 있다는 점에서 접근성이 놀라울 정도로 좋으니까요. RMR 사업으로 꽤 많은 수익을 얻은 셰프들도 있다고 들었어요.

국민육수는 원래 소매를 할 생각이 없었어요. 레스토랑 대상 B2B 제품으로 만들었는데, 작년에 한 마켓에 갖고 나갔다가 반응이 좋아서 소매까지 하게 된 거예요. 운이 좋았죠. 프리랜서나 1인 기업에 가장 좋은 일이자, 어려운 일이에요. 하지만 아무래도 남에게 돈 받는 일을 본업으로 하다 보니까 내 일은 후순위로 밀릴 수밖에 없더라고요. 당분간 제품을 더 만들 생각은 없고, 국민육수만 열심히 판매하려고요.

외식업계에는 아직 남성의 비율이 압도적으로 높잖아요. 그런 세계에서 새로운 일을 개척하고 일구는 것, 현실적으론 어떤 일인가요?

여성 사업가로서 일하는 것이 힘들지 않냐는 말이 너무 지겨워요. 성별이 다르다는 게 특별한 점이 되어서는 안 된다고 생각하거든요. 여성이라서 섬세하다거나, 여성이라서 잘한다거나 하는 게 아니에요. 그냥 그 사람이 섬세한 거고, 그 사람이 그 일을 잘하는 거예요. 그 자체를 인정해야 하죠.

남성과 여성이 날 때부터 잘하는 게 다르지는 않을 거예요. 성장하는 과정에서 사회의 스테레오 타입이 덧입혀지잖아요. 사회가 여성은 감성적이고 디테일한 부분에 더 집중하도록 훈련한다면, 남성은 시스템을 잡는 데 주력하게 하고요.

지금의 젊은 여성들은 언젠가 시스템을 만들게 될 거고, 젊은 남성도 디테일한 부분을 채워 넣는 일을 하게 될 거예요. 성별에 따라 일의 영역이 달라진다는 생각이 아예 사라지는 날도 올 거고요. 그때까지 저는 성별과 무관하게 능력 있고 좋은 사람들과 가능한 한 오래 일하고 싶어요. 동등한 관계의 파트너십을 맺고 내가 못하는 부분은 도움받고, 그들이 못하는 부분을 제가 채워주면서요.

김혜준이라는 브랜드가 지향하고 있는 방향은 어딘가요?

간단해요. 모두가 함께 잘 먹고 잘 살았으면 좋겠어요.

돈을 많이 들여서 잘 먹고 잘 사는 게 아니라, 누구나 좋은 것들을 쉽게 구해서 쉽게 만들어 먹을 수 있게 하고 싶어요. 좋은 것들은 이미 많은데 사람들이 몰라서 즐기지 못하는 경우가 종종 있더라고요. 늘 알고 있던 식재료도 제대로 잘 키워낸 것일 때는 또 다른 맛이 있어요. 똑같은 주꾸미도 대형마트에서 파는 주꾸미나 냉동 주꾸미와 통영에서 바로 받은 주꾸미는 완전히 다른 맛이거든요. 뭐든 첫 시도가 어렵지, 한 번 경험하면 그다음에는 어렵지 않게 찾아 먹게 돼요.

작년과 올해 식재료 정기구독을 정말 다양하게 시도해봤어요. 판로가 없어 버려지는 채소들을 배송하는 어글리어스, 다양한 식재료들을 큐레이션하는 마켓레이지헤븐과 메이스푸드, 지역의 채소 꾸러미 등을 이용했는데 하나같이 너무 좋더라고요. 이런 서비스들의 특징은 허브 같은 특수 작물이 아니라 누구나 쉽게 요리할 수 있는 일반 채소, 일반 식재료를 다룬다는 점이에요. 이런 좋은 선택지가 더 많아졌으면 좋겠는데, 많은 사람이 함께해야 저도 이 서비스를 오래 쓸 수 있잖아요. 그래서 제가 열심히 홍보해요. 협찬을 받거나 광고를 의뢰받은 게 아니냐는 말도 많이 듣는데, 아니에요. 다 '내돈내산'이에요.

대표님은 제맛을 이해하고 발견하는 즐거움을 누구나의 일상 속으로 끌어다주고 싶으신 거죠?

나만 좋아하는 것보다 여럿이 같이 좋아하면 더 좋잖아요.

교수, 요리 연구가

신계숙 교수

없으면 내가, 맛도 가르침도 독보적으로

"따라와유! 인왕산으로 갑시다."

반짝이는 할리데이비슨 바이크에 기대 헬멧을 쓴 채 청바지, 검은 라이더 재킷을 입은 신계숙 교수와의 첫 만남이었습니다. 인왕산 자락에서 헬멧을 벗고 앉은 그의 이야기를 들었습니다. 약간은 느린 충청도 사투리와 호방한 웃음, 그리고 저를 향하는 날카롭고 곧은 눈빛이 더해지자 몸이 절로 긴장되었습니다.

요리는 주방에서 완성되지만, 인생의 수많은 경험들로부터 시작됩니다. 그가 전하는 중국 요리도 마찬가지입니다. 주방에서 뚝딱 만들어 그릇에 담아내는 것이 아니라, 주방 밖에서부터 이어진 요리 이야기를 재료와 불 사이에 녹여 담아냅니다. 요리를 하려면 주방을 벗어나 다양한 경험을 해보라고 하는 사람, 스스로도 여전히 그렇게 사는 사람, 그리고 학생들과 사람들에게 그 경험의 시작을 만들어주는 사람. 주방이라는 공간의 한계를 넘어서 요리와 세상을 대하는 법을 가르치는 신계숙 교수를 만났습니다.

Shin Kye Sook

단국대학교 중어중문학과를 졸업한 후 중국요리 연구가 이향방 선생님의 중국음식점 '향원'에서 일했다. 현재 배화여자대학교 전통조리과 교수로서 후학 양성에 힘쓴다. 청나라 문인 원매가 쓴《수원식단》을 제자, 지인들과 함께 읽고 공부하고 있으며,《신계숙의 일단 하는 인생》 등을 썼다. EBS 〈세계테마기행〉 '꽃중년 길을 나서다 - 중국·타이완' 편, 〈신계숙의 맛터사이클 다이어리〉 등에 출연해 많은 이들에게 친근하게 요리를 소개했다. 할리데이비슨 바이크를 타고 여행하고, 드론, 유튜브 등 새로운 세계에 끊임없이 도전하고 있다.

새로운 것을 받아들이는 정신은 평생 잃지 않을 거야

'바이크 타는 교수님'으로 여러 방송에 출연하시면서 유명해지셨어요. 사람들이 많이 알아보시죠?

네, 특히 지방 촬영을 가면 촬영을 못 할 정도예요. 사진도 찍어 달라고 하시지, "계숙 씨, 어디 가냐" 하면서 커피 사주고 싶다고 하시지, 가던 길 돌려서 차 몰고 저 보겠다고 달려오셨다던 분도 있었어.

한번은 울산에 있는 흔들바위에서 촬영하고 있는데 저 아래서 누가 "계숙이 동생!" 하고 외치면서 올라오는 거예요. 나는 우리 친척 오빠가 오는 줄 알았어. 근데 아무리 봐도 모르는 사람인 거예요. 알고 보니까 방송 프로그램에서 나를 봤는데 너무 반갑다고 일단 이름부터 부르신 거야. 그런 분들이 얼마나 많은지 몰라요. 저를 보고 위안받고, 대리만족하고, 희망을 가졌다는 말을 많이 하세요. 나는 준 게 없는데 그렇게들 뭘 자꾸 나한테 받았대(웃음). 내가 참 뭐라고 다들 그렇게 좋아해주시나 싶은데, 그냥 감사하지.

'바이크 타는 교수님'의 모습을 처음 선보인 건 EBS 프로그램 〈세계테마기행〉 '꽃중년 길을 나서다' 편이었어요. 이 프로그램

이 EBS 2020년 최고 시청률을 기록했다고 하더라고요. 그래서인지 같은 방송사에서 〈신계숙의 맛터사이클 다이어리〉를 두 시즌이나 이어 촬영하시면서 바이크와 함께 전국을 누비셨어요. 교수님에게 이런 방송은 어떤 의미인가요?

새로운 세계예요. 늘 하던 것에서 살짝 벗어난 새로운 세계인데, 그게 아주 재미있는 세계인 거지. 오랫동안 학교에서 학생들을 가르치고, 《수원식단》을 사람들과 함께 연구하며 요리해왔는데 방송은 그간 해왔던 일과는 완전히 달랐으니까요. 그때까지도 참 많은 사람들을 만났지만, 방송으로 사람들을 만나는 일은 또 굉장히 달랐어요. 학교나 개인 연구소에서는 사람들과 직접 만나서 관계를 맺지만, 방송을 통해선 제가 알 수 없었던 수많은 분과 관계를 맺을 수 있잖아요. 여행지에 가면 그렇게들 나를 부른다니까요. "계숙 씨!" 하고. 평소엔 그런 호칭을 듣기 힘들잖아요.

꽃중년 촬영 후기를 블로그에 적으셨어요. 그중에 '풍경이 바뀌어도 변하지 않는 한 가지가 있었는데 그건 바로 사람이었어요. 저보다 한발 두발 앞서 태어나고 그들의 시대를 견뎌낸 언니 오빠들요'라는 문구가 기억에 남더라고요. 교수님께 그런 언니 오빠들이 있었듯 교수님의 활발한 활동이 저희 세대에게는 좋은 본보기예요. 유튜브 채널을 시작하신 것도 좋은 자극이 되는데요, 유튜브를 하시게 된 계기가 있나요?

2020년 1월에 〈세계테마기행〉을 촬영하고 PD님이랑 감독님이랑 친해졌어요. 그러다 보니까 우리끼리 뭔가 재미있는 일 한번 해보고 싶어서 유튜브를 시작하게 됐죠. '계숙식당'이라는 채널인데, 우리가 먹고 싶은 걸 찍어 올려보자며 요리 영상을 만들어 올렸어요.

요즘은 너무 바빠서 거의 못 하고 있어요. 유튜브를 시작한 게 3~4월 즈음이었는데, 4월 20일에 〈세계테마기행〉이 방송됐고, 유명세를 타면서 7월부터 바로 〈맛터사이클 다이어리〉 촬영을 시작했거든요. 한번 촬영 가면 3~4일씩 찍어요. 그러니까 도대체 시간이 안 나는 거예요. 그래서 요즘은 유튜브보다 인스타그램을 조금 더 자주 하고 있어요. 아무래도 유튜브보다는 쉬우니까요. 그것도 한 2주를 못 올렸지만. 유튜브는 꼭 다시 시작하고 싶어요. 방송이랑은 또 다르게 사람들이랑 직접 소통하는 재미가 있더라고요.

'신계숙 교수님' 하면 바이크 이야기를 빼놓을 수가 없죠.

몇 년 전에 갱년기가 왔어요. 열이 오르고 가슴이 답답해서 버스나 차를 타는 게 힘드니 오토바이라도 타보자 싶었죠. 주변에서 다들 그 나이에 무슨 오토바이냐고 했지만, 하고 싶은 건 오늘 해야 하는 성미라 바로 스쿠터를 사러 갔어요. 그때 산 게 베스파예요. 그리고 1년 만에 할리데이비슨 바이크를 샀어요. 지금 제가 타고 다니는 애예요.

사실 첫 스쿠터를 사면서 3년 후에는 더 큰 모터바이크를 사려는 마음으로 3년짜리 적금을 들었어요. 그때가 쉰일곱 살이었어요. 근데 생각해보니까, 적금이 만기되면 저는 쉰아홉 살이잖아요. 쉰일곱 살과 쉰아홉 살의 근육량은 다를 거고, 그러면 하루라도 빨리 모터바이크를 타는 게 낫지 않을까 싶어서 할리데이비슨 바이크를 샀어요. 생각해보니까 그때 들었던 적금이 올해 2월에 끝났네(웃음).

바이크는 앞으로의 내 인생을 이끈다고 해도 과언이 아니에요. 중요하고 많은 부분을 차지하는 존재죠. 스쿠터를 살 때는 필요에 의해서 샀지만, 할리데이비슨은 차별화된 요리사가 되고 싶어서 선택했어요. 요리사는 많지만, 할리데이비슨 바이크 타는 요리사는 없잖아요? 내가 나를 어떻게 마케팅할 것인지도 중요해요. 이야깃거리가 되려면 희귀해야 하거든요.

어떤 바이크를 타고 계시는지 궁금해지는데요, 자랑 한번 해주세요.

지금 제가 타고 있는 할리데이비슨48은 할리데이비슨 중에서 안장 높이가 제일 낮은 친구예요. 덩치가 워낙 크니까 무게만 250kg 정도인데, 다리가 닿지 않으면 이 무게를 지탱할 수가 없어요. 그래도 기름통이 작아서 다른 할리데이비슨에 비해 작아보

이는 거예요. 〈맛터사이클 다이어리〉를 찍으면서 3000km를 넘게 탔어요. 덕분에 많이 친해졌지.

바이크를 타면서 가장 좋은 순간은 언제인가요?

내가 독립됐다는 느낌이 들 때지. 다른 사람들이랑 함께 살아가면서 신경쓰고 배려해야 할 부분이 얼마나 많아요. 근데 바이크를 탈 때만큼은 그렇게 하지 않아도 돼요.

오토바이는 멈추는 순간 넘어지기 때문에 늘 달려야 해요. 달릴 때 오토바이의 진정한 가치가 있거든. 나도 늘 달리고 싶은 사람이라 오토바이랑 잘 맞는 것 같아. 바이크를 타면서 일어나는 많은 일들도 좋지만, 얘를 통해서 내가 모르던 감각을 많이 알게 됐어요. 이를테면 바이크를 타고 가는 동안 나를 스쳐 지나가는 바람 같은 것. 실크가 와서 휘감고 가는 느낌같이, 알량하지만 바이크가 아니면 알 수 없는 느낌들이 있어요. 예전에는 이런 감각을 몰랐으니 표현할 수도 없었는데, 지금은 내가 이 감각을 알게 되었다는 데 정말 감사해. 취미가 가진 힘이 바로 그런 것 같아요. 해도 되고 안 해도 되는데, 했을 때 주는 즐거움은 다른 무엇과도 바꿀 수 없어요.

최근에 드론도 사셨다고 들었어요. 새로운 일을 시작하는 데 아무 두려움도 없는 분 같아요. 그런 교수님에게도 두려운 것이 있

나요?

게으름이 제일 두려워요. 게을러져서 세상의 흐름을 따라잡지 못할까 봐. 나는 늘 세상이 어디로 어떻게 가고 있는지 눈치를 보면서 살고 있어요.

드론도 마찬가지야. 몇 년 전에 TV를 봤는데 5년 후에는 드론을 타고 다닐 거라고 하더라고요. 그래서 지금 배워놔야 5년 후에 써먹을 수 있겠다 싶어서 샀어요. 생각보다 간단하더라고. 지금은 잘 조종하지 못해도, 나중에 타고 다닌다잖아요. 그럴 때를 대비해서 운전면허 연습하듯이 해보는 거지.

앞서가지는 못해도 뒤처지지는 않고 싶어요. 나는 새로운 것을 받아들이는 정신은 평생 잃지 않을 거야.

남한테 묻지 말고,
하고 싶은 걸 하면서 사세요

교수라는 직책을 갖고 있지만, 학교 밖에서도 일반 사람들과 함께 공부하고 연구하는 수업을 운영하고 계시다고요. 《수원식단》이라는 중국의 요리 고문헌을 연구하신다고 들었어요.

《수원식단》을 처음 알게 된 건 1997년이었어요. 상하이에서 만난 친구가 알려준 책이었죠. 이 책은 청나라 시대 시인 원매가 쓴 요리책이에요. 그가 관직에 있는 40여 년 동안 먹고 마신 것, 그리고 중국 전역의 요리 자료를 모아 펼쳐낸 책이에요. 당시의 요리뿐 아니라 송나라 시대의 음식도 있고, 지역 또한 북방부터 쓰촨까지 모두 다루고 있어요.

《수원식단》이 특별한 이유는 요리책이지만, 레시피만 나열되어 있는 것이 아니기 때문이에요. 요리책이 아니라 철학책에 더 가깝지. 그래서 요리사가 반드시 알아야 할 20계명, 그리고 절대 하지 말아야 할 14계명으로 책이 시작됩니다. 300여 개가 넘는 조리법과 함께 그 시대의 철학과 유가 사상에 대한 인용이 많아서, 당시의 문화가 그대로 담겨 있다는 점이 매력적이었어요.

언어를 잘하려면 문화를 알아야 한다고 하잖아요. 요리도 마찬가지예요. 생각보다도 언어와 문화, 그리고 요리의 연결고리가 절대적이었어요. 그 나라 언어를 모르고 요리를 한다는 건 불 없이 요리하는 것과 비슷해요. 남의 나라 음식이잖아요. 레시피를 배우는 것도 중요하지만 그 나라 사람들은 어떤 생각을 하면서 살아왔을까, 어떤 경제적 위치에 놓여 있고, 어떤 사회적 환경을 가지고 있나, 식품기술은 어떻게 발달했고, 어떤 철학적 사고가 그들을 지배하는지가 중요해요.

내가 중어중문학과를 나왔잖아요. 그렇다 보니 인용구만 봐도 어떤 것이 원전인지, 어떤 시대적인 맥락과 상황에서 나온 말인지 알 수 있더라고요. 그리고 중국음식을 하고 있고, 중국에 자주 다니기도 했고요. 아무도 시키지 않았지만 나는 어떤 사명이 있는 것 같아요. 중국 음식문화를 잘 알리고 싶어. 그래서 2015년에 결국은 이 《수원식단》을 번역해 출간했어요. 쉽지는 않았지만, 뿌듯했지.

나는 글 읽는 요리사가 되고 싶었어요. 주방에서 음식을 맛있게 만드는 것도 좋지만, 늘 글을 읽으면서 살고 싶어. 나한테 《수원식단》은 그걸 가능하게 해주는 요리책이에요.

고문헌을 연구하는 새로운 도전이 인상 깊습니다. 한편으론 교수님 혼자서도 충분히 연구 가능한 문헌이었을 것 같은데, 사람들과 함께하시는 이유가 있을까요?

물론 혼자서도 연구하고 있어요. 틈틈이 혼자 《수원식단》을 읽고, 《수원식단》에 나온 요리들을 해보면서 익히죠. 하지만 《수원식단》의 정신은 요리할 때 계속해서 묻고, 생각하고, 판단하고, 행동하는 것이에요. 그래서 사람들과 공부하고, 요리도 함께 해 먹고, 대림동으로 미식기행도 가면서 그 정신을 계승하려고 해요.

《수원식단》에는 현재 우리가 먹는 중식 대부분이 들어 있지만 시간이 오래 걸리는 음식도 참 많아요. 돼지머리를 도려내 오래 끓이는 요리도 있고, 소나 양 등을 이용한 요리들도 있고요. 그러니까 요리가 만들어지기를 기다리는 동안 계속 같이 이야기하는 거죠. 그 순간 사람들과 나누는 이야기가 바로 《수원식단》 수업의 진정한 목적이에요.

수업에 참여하고 싶은 사람들이 많을 것 같아요.

사실 그렇게 대단한 수업도 아닌데 1~2년씩 기다리는 분들이 많아요. 민망해 죽겠어. 2년짜리 수업인데, 지금은 다섯 팀을 운영 중이에요. 나도 시간이 많지 않으니까 주말에만 수업하는 바람에 각 팀을 한 달에 한 번 만나요. 한 달에 한 번 얼굴 보고, 잊고 살다가 또 모여도 이야기가 이어져요. 기적 같은 일이야. 그렇게 자주 보는 것도 아닌데, 음식을 나눠 먹으면서 정이 드나 봐. 참, 음식이라는 게 가진 힘이 대단하다고 느껴요.

《수원식단》처럼 시간을 들여 새롭게 연구해보고 싶은 문헌이 또 있으신가요?

중국의 고조리서 중에 《양소록》이 있어요. 청나라 시대의 대표적인 조리서인데, 고중이라는 의사가 자연에서 아주 천천히 건강만을 생각하며 집필한 요리책이에요. 건강요리책이라고도 할 수 있죠. 무엇보다 흥미로운 점은 건강요리가 보양음식과는 다르다는 거예요. '보양'은 몸의 상태를 개선하기 위한 일종의 치료법인데, 《양소록》의 요리들은 보양이 아니라 먹는 그 자체로 건강해지는 것이 목적이거든요. 배화여대 수업에서도 몇 번 다뤄본 적이 있지만, 언젠가는 이 책을 꼭 제대로 연구해보고 싶어요.

배화여대에서 교수로 재직하신 지도 오래되셨잖아요. 교수로서

의 삶은 어떤가요?

20년을 하루 14시간씩 학교에서 살았어요. 10년은 중국어학과에서, 다른 10년은 전통조리과에서 중국요리, 한국 고조리서 등을 가르쳤어요. 학교밖에 몰랐지. 졸업생들이 오면 밥을 다 먹여서 보내고 그랬어요.

그동안 제가 만났던 교수님들을 떠올려보면 참 다양한 모습이 그려져요. 어떤 분들은 참 재밌으셨고, 어떤 분들은 늘 진지하셨고, 엄한 분도 있으셨고요. 신 교수님은 어떤 선생님이신지 궁금해요.

선생으로서 어떤 사람이 되어야 할지는 향원의 이향방 선생님께 배웠어요. 나를 참 믿어주셨어. 새 메뉴를 만들면 별말씀 없이 그대로 하라고 하셨어. 왜 이렇게 했냐, 왜 재료를 많이 썼냐, 이런 잔소리도 일절 안 하시고. 나는 그게 너무 감사하더라고. 저도 그래서 남의 요리에 틀렸다는 소리를 절대 안 해요.

먹는 사람이 다 다른데, 늘 똑같은 요리를 만드는 게 뭐 그렇게 중요해요. 모든 사람의 입맛은 다 다르거든. 어떤 사람은 조금 간간하게 먹는 걸 좋아하고, 어떤 사람은 생선을 탄력 있게 익혀달라고 하고, 어떤 사람은 또 푹 익혀달라고 해. 그러니까 요리는 '그때그때 달라요'가 맞는 거야. 맞네, 틀렸네 할 필요가 없어. 너도 맞고 나도 맞다는 마음으로 존중하려고 하죠. 그래서 칭찬을 많이 하려고 해요. 한 번도 요리 못했다고 야단친 적이 없어요. 학생이 반을 태웠으면 "야, 그래도 반밖에 안 탔다. 반은 먹을 수 있지. 처음인데 그래도 참 잘했다" 하고 말해주거든요.

22년간 교직 생활을 하면서 늘 나 스스로 참 부족한 사람이라는 생각을 많이 했어요. 요리는 힘든 직업이에요. 근데 요리 선생님은 더 힘들어. 요리도 해야죠, 말도 해야죠, 학생들 표정도 살펴야 하죠. 기가 빠지는 일이에요. 게다가 사람을 가르치는 일이 얼마나 책임감이 막중해요. 하지만 길다면 길고, 짧다면 짧은 그 시간 동안 선생으로 살았다는 것에 대해 아쉬움은 없어요. 학생들 앞에 설 때는 좋은 선생이 되기 위해 노력했고, 매일 매일 열심히 살며 나름대로 최선을 다해 살아왔어요.

방금 향원의 이향방 선생님을 잠시 언급하셨는데, 그분의 주방에서 요리를 시작하셨죠? 2015년에 이향방 선생님이 한 인터뷰에서 제자를 키우는 것이 보람 있었냐는 질문에 이렇게 대답하셨더라고요. '우리 집 주방에서 경험을 쌓고 학계로 나가 교수가 된 제자까지 있다. 그런 것을 지켜보고 있으면 내 삶이 정말 보람차지 않겠나?' 보자마자 신 교수님 이야기구나 싶더라고요. 스승에게 인정받는 신 교수님께도 가르친 보람이 있는 학생이 있나요?

이 일은 기본적으로 남들보다 오래 해야 하는 일이에요. 배우겠다는 마음이 있으면 진심을 다해야 하는 거지. 내가 9시까지 오라고 했는데, 8시 20분에 와봐. 그럼 마음이 쓰일 수밖에 없죠. 한동안 제 수업 조교를 해줬던 친구가 그랬어요. 내가 조교로 한참을 데리고 있다가 최근에 외식업을 시작한다는 지인한테 이 친구를 추천해줬어요. 한번 잘 키워보라고. 그럴 만한 사람이라고. 나한테도 그 친구가 정말 소중하고 필요했지만, 그 친구한테 저보다 더 큰 선생님이 필요하다고 생각했어요. 더 많은 시스템을 배웠으면 좋겠고요. 그래서 그 회사로 보냈는데 지금 너무 잘하고 있대요.

사람이 목적을 가지고 행동하면 다 보여요. 무조건 헌신하라는 뜻은 아니에요. 그저 늘 진심을 다하고, 최선을 다하는 사람에게는 기회가 찾아올 수밖에 없다는 거예요. 아무리 인터넷이며 SNS가 발달해도, 결국은 다 사람이 마음을 가지고 사는 거란 말이에요. 사람의 마음에 닿을 수 있어야 하는 거예요.

한발 앞서 태어나 앞선 시대를 살아온 사람으로서, 후배와 동생들에게 꼭 해주고 싶은 이야기가 있다면 어떤 것일까요?

간단해요. 배알이 꼴리는 대로 살아라. 네 인생은 네 거다. 남한테 묻지 말아라. 하고 싶은 거 해라. 자기 인생은 자기 거예요. 남한테 묻지 말고, 하고 싶은 걸 하면서 사세요.

요리 자체가 적성에 맞으면 당연히 주방에서 요리를 해야지.

그런데 제가 가르친 학생 중에서도 적성에 안 맞는다고 그만두는 경우가 꽤 많더라고요. 한 학생은 요리 그만두고 미술을 하겠대요. 그래서 제가 요리를 그려보라고 했어요. 요리를 그리면 되잖니. 화가 중에서 요리하는 사람이 있어? 없으면 네가 하는 거지. 독보적인 사람이 되란 말이야. 새로운 길을 개척할 생각을 해야지.

한 20년 전에 일본에 갔을 때 누가 자기를 '푸드 프로듀서'라고 소개하더라고요. 푸드 프로듀서가 뭔가 하니, 레스토랑을 세팅해주는 일을 하는 사람이래요. 예를 들어 내가 16평짜리 중국집을 하나 한다고 하면, 이 가게에 들어가는 모든 집기를 골라주고, 메뉴도 다 짜주고, 심지어는 테이크아웃 하는 도시락 디자인까지 해주는 거예요. 기가 막히죠.

요리라는 주제 안에서 바운더리를 넓혀가면 정말 너무너무 많은 일을 할 수 있단 말이에요. 만약에 건축이나 디자인 쪽에 관심이 있다면 맞춤형 주방을 만들어주는 일을 할 수도 있는 거고. 해외 식재료를 수입하는 일을 할 수도 있는 거고요. 저는 그런 세계가 있다는 걸 몰랐어요. 이걸 깨달은 지 채 5년이 안 됐어요. 그런데 요즘 젊은 사람들은 이 세계에서 살고 있잖아요. 가끔은 부러워. 요리의 세계를 최대한 확장해가면서 새로운 일을 하면 좋겠어요.

그런 세계에서 좋기도 하지만, 그 모습이 너무 다양해서 언제, 어떻게 시작해야 할지 막막할 때도 있어요. 또 다른 가능성을 기대하다가 기회를 놓치는 경우도 있고요.

마음의 여유를 좀 가져야 인생의 키포인트를 놓치지 않을 수 있어요. 정말 중요하고 가치 있는 일은 무엇일까 생각해보세요. 나 같은 경우에는 늘 내 앞에 있는 사람에게 최선을 다하려고 해. 밥 한 끼라도 더 먹이자는 마음이에요. 그게 내 마음의 평안을 지키는 방법이고, 육체적인 평안을 찾을 수 있게 건강도 잘 챙기고요.

만약에 교수가 되지 않으셨다면 무엇을 하셨을까요?

중국집을 했을 거예요. 그럼 내가 벌써 빌딩을 샀을 텐데… 그러고 보니 왜 교수가 됐는지 기억도 안 나네. 운명이었나 봐(웃음). 중국 옛말에 이런 말이 있어요. '배부르지는 못해도 굶어 죽지는 않는다, 이것이 선생의 숙명이다.' 요리 선생뿐 아니라, 선생이라는 일 자체가 그런가 봐(웃음).

없으면 네가 하는 거지. 독보적인 사람이 되란 말이야.
새로운 길을 개척할 생각을 해야지.

요리는 내 신체의 한 기관을 빼서 남을 먹이는 일이에요

신 교수님의 스승이신 이향방 선생님은 한국 중식의 역사를 새로 쓴 분이라고 할 만큼 명인 중의 명인이신데요, 1987년 졸업 후 어떻게 이향방 선생님이 계신 향원에서 일하게 되셨나요? 교수님의 전공인 중어중문학과는 꽤 멀어 보이는데, 어떻게 식당에서 일하게 되셨나요?

처음에는 그냥 가벼운 아르바이트였어요. 아르바이트 할 데가 없다고 했더니 교수님이 향원을 소개해준 거예요. 대단한 것도 아니었어. 그냥 서빙 알바. 워낙 가게가 작아서 그렇게 힘들지도 않았어요. 겨울방학 두 달 동안 향원에서 번 돈으로 운전면허를 땄죠. 그 후에는 다시 학교로 돌아가서 공부하고, 3년 후에 졸업했어요. 향원을 잊고 살았죠. 졸업하고 액세서리 회사에 취직했는데 내가 영어를 되게 못했거든. 영어로 주문 전화가 왔는데 내가 "헬로우"만 하고 끊어버린 거야. 결국 하루 만에 쫓겨났죠.

이 길은 내 길이 아니구나 싶어서 고민이 많았어요. 다른 데 취직하려고 했는데, 안 되더라고요. 서류 탈락도 여러 번 하고. 그러다 우연히 식사하러 향원에 다시 들렀어요. 그때 선생님이 일손이 부족하다고 하시더라고요. 그렇게 다시 향원에서 일을 하게 됐어요.

서빙을 하면서 주방에서 나오는 음식을 1년쯤 매일 나르고 있자니 그냥 요리를 배우는 게 낫겠다 싶더라고요. 주방에 여자가 없었어. 대한민국에 아마 나 하나였을 거야. 내가 요리를 하고 싶다고 하니까 이향방 선생님이 "네가 3일 넘게 버티면 내가 손에 장을 지진다!"고 말씀하시더라고요. 그만큼 힘든 일이라는 뜻이었죠.

당시 주방에 여자가 없어서 남성 조리사들의 텃세가 심했을 것 같아요.

있었지. 일단 내가 주방에 들어가면 싸늘해져. 주방에 있던 분 중 한 명이 사장님 동생이었는데, 사장님이 나를 예뻐하니까 질투를 좀 하셨던 것 같아요. 그분이 나서서 저를 따돌렸어요. 왕따시켰다고 하지. 물어봐도 대답도 안 하고, 가르쳐주지도 않고… 그래서 아침마다 커피를 타주기 시작했어요.

아침에 출근하면 커피 한 잔 딱 타서 주는 거야. 그걸 한 100일은 했어요. 그리고 술 먹는 자리마다 따라가고, 같이 돼지갈비 먹고 소주 마시고 하면서 어떻게든 함께하려고 노력을 많이 했어요. 그렇게 그 시간을 극복했고, 이후로도 8년을 더 같이 일했어요.

꼭 그 텃세가 아니더라도, 중식은 힘이 너무 많이 드는 직종이에요. 웍도 무겁고, 노동시간도 길고, 칼도 크고. 무엇보다도 요리를 해내야 하는 양 자체가 다른 음식들보다 많아요. 솔직히 말하자면 여자가 하기에 좋은 직업은 아닌 것 같아요. 나도 참 깡다구로 버텼지. 지금 다시 하라면 못할 것 같아.

어떤 '깡다구'였나요?

나는 젊은 날에 참 고뇌가 많은 사람이었어요. 부모님이랑 중고등학교 때 떨어져서 서울에 있었어요. 아버지가 여자는 더 많이 배워야 한다고, 서울에 유학을 보냈거든. 어릴 때는 공부 잘하는 사람만 칭찬을 해주잖아요? 그런데 내가 공부를 못했어요. 삼수해서 대학을 갔으니까 말 다 했지. 그래서 청소년기가 참 암울했던 것 같아요. 근데 그때 뭐 어떻게 하겠어. 참을 수밖에 없었죠.

그런데 육체노동을 하면 고뇌가 없어지잖아요. 그러니까 내 몸을 힘들게 해서 그 고민을 다 잊어버리고 싶었던 것 같아. 주방에서 하루 종일 일하고 돌아오면 피곤해서 아무 생각도 안 나요. 미래에 대한 암울함도, 내 인생에 대한 고민도 하지 않을 수 있으니까 좋더라고. 하루하루 그저 그 '깡'으로 버텼어요. 그렇게 인생에서 가장 찬란했던 시절을 향원의 주방에서 보냈네요.

향원에서 배운 것은 무엇인가요?

보통 요리사가 되려고 하면 유명한 사람 아래서 배워야 한다고들 생각해요. 그런데 사실 유명한 사람들한테서는 배울 수 있는 게 많지 않아요.

'애, 너 이리 와봐라. 이게 누룽지탕인데, 이거 만들 때 설탕 요만큼 넣고, 소금 요만큼 넣고…' 이렇게 가르쳐주지 않는단 말이에요. 그 선생님들은 다 너무 바쁘거든. 저도 지금 교수로 일을 해보니까 생각보다 선생님이 할 일이 많아요. 그러니까 1학년 애들이나 붙잡고 요리를 가르쳐주지, 조금만 머리가 크면 알아서 배우라고 하거든요.

누구도 가르쳐주지 않아. 예전에 내가 만두를 하면 늘 구멍이 숭숭 나 있었단 말이에요. 근데 사장님이 만들면 말끔한 거야. 사장님이 어떻게 하나 가만히 봤더니 반죽을 얇게 민 후에 밀가루 먹이는 작업을 몇 번씩 하시더라고. 밀가루 반죽 사이사이에 밀가루를 채워 넣어서 구멍을 다 막아놓은 거죠. 주방에서 어깨너머로 보면서 터득하는 게 더 많고, 중요해요. 그러니까 일단 유명한 선생님 밑에 들어가야 요리를 배울 수 있다고 생각하는 젊은 친구들이 있으면 그 꿈을 빨리 깨라고 말해주고 싶어요.

그리고 보통 그런 사람들은 성격이 좋지 않거든. 그러니까 견디기도 쉽지 않지. 이향방 선생님도 쉽지 않았어요. 성격이 또 급하셔서, 누구도 가르쳐주지 않으셨고. 어느 날은 해파리냉채를 하는데, 해파리를 꼭 짜시더라고. 해파리냉채에 들어가는 건 다 꼭 짜야 하나보다 싶어서 옆에서 오이를 꼭 짰죠. 그걸 가지고 갔더니, 하이힐로 정강이를 확 차시더라고. 그날 하루 종일 울었어. 옥상에서도 울고, 연남동 남의 집 앞에 가서 울고. 그렇게 무섭게 정이 들었어요.

그런 사람들은 사실 그렇게 또 성격이 불같은 면이 있어서 대단한 걸 이룰 수 있었던 거예요. 그걸 근성이라고 하고, 주방에서는 이제 '곤조'라고 해요. "아유, 곤조나 부리고!" 이렇게. 근데 나는 그 곤조가 나쁜 거라고 생각하지 않아요. 근성, 말 그대로 뿌리에 성질이 있다는 소리거든요. 그런 곤조가 없으면 요리라는 건 사실 할 수 없는 일인 거야.

요리라는 것, 주방의 일이라는 게 상황에 따라 매번 다르고, 빠르게 판단하고 돌아가야 하는 곳이어서 자신만의 근성이 꼭 필요하다는 생각도 드네요. 어깨너머로 보면서 터득하신 것 중에 기억에 남는 것은 무엇인가요?

중식의 기본이라고 할 만한 것들은 다 향원에서 배웠어요. 중식뿐만 아니라 요리의 기본을 다 그 주방에서 배웠죠. 그중에서도 저는 튀김판에서 튀김 요리를 아주 제대로 배웠죠. 중식 주방에서는 부서를 '판'이라고 하거든요. 간단히 말하면 8년 동안 뜨거운 기름 앞에 있었다는 거죠. 탕수육에 들어가는 고기도 튀기고, 깐풍기에 들어가는 닭도 튀기고. 그리고 향원은 한국에서 거의 처음으로 삼선누룽지탕을 선보인 곳이에요. 지금이야 흔한 메뉴지만 40년도 더 넘은 그때는 아니었어요. 제가 튀김판에서 바로 그 누룽지탕에 들어가는 누룽지를 튀겼지.

사람들이 교수님 이야기를 할 때 동파육 이야기가 빠지지 않더라고요. 교수님의 유튜브 채널 '계숙식당'에서도 동파육 만드는 법을 소개하셨고요. 동파육도 향원에서 배운 메뉴인가요?

그건 아니고, 사실 언젠가 정년 퇴임을 하면 중국음식점을 차려야겠다고 생각했어요. 미리 연습하는 셈 치고 동파육을 한번 해보자 싶어서 만들어봤어요. 동파육이 굉장히 유명한 요리이긴 한데, 실제로는 제대로 하는 데가 많지 않거든요. 시간도 워낙 많이 걸리고, 손도 많이 가요. 저도 동파육을 완성하는 데 굉장히 오랜 시간이 걸렸어요. 동파육 레시피를 완성하는 과정에서 사람들을 계속 초대해서 먹여봤어요. 테스트하듯이 끊임없이 사람들에게 먹여봤는데, 왔던 분이 먹고 나서 본인의 SNS에 올리면서 유명세를 탔죠. 동파육은 여러모로 제 요리 인생의 결정체 같은 음식이에요.

교수님께 요리란 무엇인가요? 요리하는 신계숙의 뿌리는 무엇인지 궁금합니다.

요리라는 건 내 신체의 한 기관을 빼서 남을 먹이는 일이에요. 그만큼 힘든 일이에요. 요리는 내가 스스로 배우는 거예요. 내가 익혀서 내 몸과 머릿속에 저장하는 거지, 누가 가르쳐준 정보를 그냥 넣기만 해서 되는 게 아니에요. 열심히 보고, 듣고, 묻고, 공부하고, 사색하고, 판단하고, 행동하는 그 모든 과정을 통해서 배우

Prof. Shi Kye Sook

앞서가지는 못해도 뒤처지지는 않고 싶어요.
나는 새로운 것을 받아들이는 정신은 평생 잃지 않을 거야.

는 거예요. 최고의 스승은 내가 요리하려고 하는 식재료예요. 그리고 그 식재료를 수십, 수백 번 다루면서 쌓은 내 안의 경험이 또 다른 스승이고.

작년에는 새로운 재료를 다뤄보자 싶어서 오리 요리에 도전해 봤어요. 1년 동안 오리 요리를 30마리 정도 해보니까 그제야 오리의 형태와 성질을 이해할 수 있겠더라고요. 내가 직접 오리를 다루면서 손끝에 익힌 감각으로 그 성질을 알아내야 진짜 내 요리 실력이 돼요. 더 잘 이해하려고 식재료랑 계속 대화를 해요. 끊임없는 사차원의 마음으로, '너 오늘 괜찮았어?' '너무 뜨거웠어?' 물어보면서 그날의 요리를 만드는 거죠. 누가 가르쳐준다거나, 책을 통해서 배울 수 있는 게 아니지.

이전 인터뷰들을 보니 결혼에 대한 질문이 많더라고요. 왜 결혼하지 않았냐고 많이들 묻던데요. 이런 질문을 받을 때마다 어떤 생각이 드세요?

솔직히 그런 걸 묻기에는 내가 나이가 너무 많지 않나? 〈맛터사이클 다이어리〉 나오고 나서 실시간 검색어에 뭐가 올라갔는지 알아요? 신계숙 남편(웃음). 세상에, 10위 안에 들었어. 혜성처럼 등장한 남자의 아내는 궁금해하지 않으면서, 여자가 등장하면 꼭 남편을 궁금해하더라?

나는 결혼을 하고 안 하고는 나라는 개인의 삶에 큰 차이를 주지 않는다고 생각해요. 그리고 말이에요, 결혼이 그렇게 좋은 거라면 한 번 다녀온 분들이 0.3% 정도밖에 안 돼야 해. 근데 요즘 내 주변에 보면 다섯 명 중에 두 명이 갔다 왔어요. 그냥 이제 서로 측은지심으로 바라볼 뿐이지, 결혼은 솔직히 그렇게 중요하거나 대단한 일이 아닌 것 같아요.

차라리 "앞으로 어느 요양원에 가실 생각이세요?" 이런 걸 물어봤으면 좋겠어. 그게 더 중요하지. 지금 내 삶이 너무 바쁘고 즐겁고 좋은걸. 나는 부족한 것도, 후회하는 것도 없어요.

그럼 또 묻지 않을 수가 없는데요, 앞으로 어떤 노후를 준비하고 계세요?

벌써 8년 후가 정년이에요. 금방이지. 여행을 많이 다녀보니까 뭘 해도 먹고는 살겠더라고요. 욕지도에서 작은 짬뽕집을 하든, 굴 밭에서 품을 팔든, 먹고 사는 건 어렵지 않겠더라고요. 교수 생활한 지 20년이 지났으니까 연금도 나올 거고.

그래도 일단 중국집을 하려고요. 살면서 한 명이라도 더 많은 사람에게 밥을 더 먹이고 싶어.

언제까지 일하고 싶으세요?

80까지는 해야지! 매일 가게에 나와서 직원들 들들 볶아야지 (웃음).

마지막으로 사람들에게 남기고 싶은 말을 묘비에 적는다고 하잖아요. 혹시 교수님의 묘비명에 대해 생각해본 적 있으세요?

있죠. '두 배로 살았다, 두 배로 쉬어라.' 내일도 없고, 오늘을 확실하게 살고 간다는 마음으로 살면서 나는 이미 100살, 120살 산 사람들만큼 산 거야.

요즘은 어딜 가면 사람들이 많이 알아봐주세요. 다들 만나면 쭈뼛거리는 것도 없이 일단 달려들어서 반가워하는 거예요. 다들 〈세계테마기행〉을 보고 왔거든. 내가 많은 사랑을 받았다는 사실을 그럴 때마다 느껴요. 그간 보이지 않았을 뿐이지, 다들 자기 집에서 TV로 나를 보면서 마음속으로 나랑 정말 친해져 있었던 거예요. EBS 홈페이지를 너무 어렵게 만들어놔서 들어가는 사람도 없는 줄 알았더니(웃음). 그 사랑을 받으면서 새삼스럽게 생각했어요. '아, 나는 열심히 살았어. 나는 사랑받을 자격이 있어.'

물론 누구나 다 열심히 살아요. 열심히 살지 않는 사람이 어디 있겠어. 그런데 저는 정말 스스로 열심히 살았다고 생각했거든요. 매일 밤 10시에 잠들어서 새벽 3시에 일어나서 출근해요. 출근해서 일해놓고, 샤워하고 다시 학교에 가요. 그렇지 않으면 이 스케줄을 다 쳐낼 수 없거든.

이덕진 노래 중에 〈내가 아는 한 가지〉라는 노래가 있어요. '내가 아는 한 가지, 너를 만났다는 건 지나간 날들에 대한 보상이지.' 그간 열심히 살았던 것에 대한 보상을 지금 하나님이 주신 것 같아요. 그래서 이 순간 더 열심히 살려고 해요.

메뉴 개발자

최현정 셰프

정확한 맛이 필요하다, 대중을 위한 거니까

주방을 누비는 셰프이자 회사원으로 매일 아침 출근길을 나서는 최현정 셰프를 만났습니다. 인터뷰를 위해 오랜만에 만난 그를 셰프로 불러야 할지, 직함으로 불러야 할지 잠시 고민했습니다. 슬쩍 “이사님” 하고 부르니 격하게 손사래를 치며 말씀하시더군요. “나는 언제나 셰프예요. 앞으로도 쭉!”

최현정 셰프는 15년 이상 다양한 외식 브랜드를 거치며 수없이 많은 메뉴를 개발한 베테랑 메뉴 개발자입니다. 메뉴 기획, 레시피 개발, 현장 교육 등 겉으로 보이지 않는 무수한 일들을 하며 전 국민이 소비하는 메뉴를 만듭니다. 셰프는 인터뷰에서 이제는 한국을 넘어 세계를 타깃으로 한 메뉴를 만들고 싶다고 말했습니다. 그리고 얼마 뒤 맥도날드 아시아 비즈니스 부분 메뉴 개발자 대표로 선정됐다는 소식을 전했습니다. 오늘도 그는 새로운 목표를 향해 출근하며 조금씩, 멀리 나아가는 중입니다.

Choi Hyun Jung

CCA(California Culinary Academy-Le Cordon Bleu SF)와 CIA(The Culinary Institute of America NY)를 졸업한 후 미국에서 경험을 쌓았다. 한국에 돌아와 본격적으로 레스토랑 메뉴 개발에 몰두했다. 매드포갈릭, 토니로마스, 파리바게뜨, 파리크라상, 패션5, 비스트로서울을 거쳐 2014년부터 맥도날드의 메뉴 개발을 시작했다. 2016년 전 세계 맥도날드 직원 중 0.01%만이 선정된다는 '프레지던트 어워드'를 수상했다. 현재는 맥도날드 글로벌에서 아시아를 대표하는 메뉴 개발자로 활약 중이다.

내일은 못할 수도 있으니까 오늘을 꽉 채워 보냈어요

셰프님을 만난다고 하니 주변 지인들이 셰프님의 '식재료 백과사전'을 꼭 구경하라고 하더라고요. 직접 백과사전을 만드셨다고요.

20대에 미국 CIA 요리학교에 다닐 때 8시간 동안 수업듣고 시간이 나면 마트에 갔어요. 생소한 식재료와 가격, 고기 부위별 무게와 가격을 비교하면서 이 문화권에서는 식재료에 어떻게 가치를 매기는지 확인했어요. 일기 쓰는 마음으로 배운 것을 그날그날 기록하며 하루를 정리했던 거죠.

학교에는 다양한 나라에서 온 사람들이 모였고, 다국적 요리를 배우다 보니 전 세계의 식재료를 공부해야 할 것 같았어요. 본 적도 없는 식재료를 공부해야 하고, 요리사라면 식재료만 보고도 적절한 조리법을 떠올려야 한다는 생각에 처음에는 막막했던 것 같아요. 그래서 등교 두 시간 전에 학교 식재료 창고에 카메라를 들고 갔어요. 쌓여 있는 재료 틈을 비집고 들어가서 박스 외관에 있는 제품명을 메모하고 박스를 열어서 사진을 찍었어요. 매일 밤 집에 돌아와 찍은 식재료의 특징을 정리했고요. 당장 쓸 식재료는 아니더라도 알고 쓰지 않는 것과 몰라서 쓰지 않는 것에는 큰 차이가 있으니까요. 한국에서 메뉴 개발을 할 때도 외국에는 있지만 한국에는 없는 식재료가 있으면 기록을 통해 익혀둔 재료들을 머릿속에 펼쳐놓고 다시 새롭게 조합해봐요.

평소에도 기록을 철저하게 하시는 것 같아요.

요리학교를 졸업하고 외국인 신분으로 미국에 계속 있을 수가 없었어요. 제가 이곳을 언제 또 올 수 있을지 모른다는 생각에 항상 '오늘이 마지막 날일 수도 있다'는 마음으로 일했던 것 같아요. 오늘 하지 못하면 내일 할 수 있으리라는 보장이 없었으니까요. 최대한 많은 경험을 하고 싶어서 한 곳에서 오래 일하기보다 레스토랑을 여러 군데 옮겨 다녔거든요. 일하는 곳의 주방 구조를 그리고, 메뉴판 전부 사진 찍어서 인화하고, 어떤 제품을 썼는지 알아야 하니까 제품 포장을 뜯어서 요리 사진 옆에 붙여놓고.

일하는 기간은 짧았지만, 그 시간이 헛되지 않도록 그날 배운 것들을 사진 찍고 정리했어요. 나중에 봐도 이해할 수 있을 만큼 열심히 기록했던 거죠. 이렇게 기록한 걸 잃어버릴까 봐 컴퓨터로도 다 정리했어요. 한 레스토랑에서 일하고 나면 50여 가지의 소스와 메뉴들의 폴더가 생기더라고요. 당시에는 플로피디스켓에 파일을 저장했는데 한국에 오니까 CD로 다 바뀌어 있어서 당황했지만요(웃음).

학교에서는 무엇에 중점을 두고 배움을 이어나가셨는지 궁금해요.

20대에는 '내가 요리를 정말 잘하고, 맛을 정말 잘 봐' 이런 마음보다 제시간에 나와서 주어진 일을 잘해내고, 업무 리스트를 전부 쳐내는 데 집중했던 것 같아요. 학교에서도 항상 기본에 집중해야 한다는 것을 배웠어요. 학교에선 요리를 플레이팅할 때 교수님이 가르친 대로 똑같이 재현하라고 해요. 많은 학생이 교수의 시연이 끝나면 자기 마음대로 변형해서 담는 경우가 많아요. 그럴 때마다 단호하게 내가 담은 그대로 담으라고, 졸업하고 나서 하고 싶은 대로 하라고 엄격하게 가르치세요. 교수님이 그렇게 담은 데에는 분명히 이유가 있는데, 그 이유를 이해하지 못한 채 변형만 하는 것은 의미가 없다는 거죠.

배움에는 순서가 있다고 하는 것처럼 기본기를 쌓는 과정을 뛰어넘고 일하다 보면 결국 그 빈틈을 메꿔야 한다는 걸 절감하게 되는 때가 와요. 그래서 처음 배울 때는 가르쳐주는 그대로 다 흡수하려고 노력하는 게 중요한 것 같아요. 이후 사회에서 일하며 나만의 것을 표현할 기회가 오면 그때 내 능력을, 내가 잘하는 것을 드러내는 것이 중요하다고 생각해요.

셰프님이 20대에 가졌던 목표는 무엇이었나요?

미국에서 꿈이 계속 커지더라고요. 오너 셰프가 돼야겠다고 생각했으면 이미 오너 셰프를 했을 거예요. 그런데 제 첫 꿈은 월급쟁이였어요. 조직 생활을 하겠다고 생각한 적은 없지만 따박따박 월급받는 게 좋았고, 많은 사람들과 함께 결정하고 만드는 일을 하고 싶었어요. 그래서 요리를 가르치는 선생님이 되겠다고 결심했는데, 학교에서 '대학에서 요리 가르치는 게 꿈이야'라고 하면 저를 황당하다는 듯이 보고 비웃는 친구들이 있었어요. 처음에는 이유를 몰랐죠. 저는 졸업하고 바로 선생님이 되는 걸 생각했는데, 누군가를 가르친다는 것은 공부하고 또 공부해야 할 수 있는 일이라는 걸 학교에 다니면서 깨달았어요.

그렇게 열심히 학교에 다니다 보니 셰프가 되고 싶다는 마음도 조금씩 커졌어요. 주방에서 동료들과 요리하고 손님을 만족시킨다는 하루하루의 성취감이 매력적이었거든요. 매일 무슨 일이 어떻게 벌어질지 모른다는 긴장감과 비상 상황에서 위기대응 능력을 발휘해야 하는 도전적인 일이었지만 20대 때 저와 너무 잘 맞았어요.

그래서 어떻게 해서든 미국에서 조금이라도 더 경험을 쌓으려고 했고, 내일은 기회가 없을지도 모른 생각에 하루하루를 꽉 채워서 보냈어요. 이 생각에 너무 휩싸여서 한국에 돌아가서는 뭘 할지 계획을 세워두지 않았는데, 결국 비자 문제로 한국에 갑자기 돌아오게 된 거죠.

2005년에 한국에 돌아와서는 어떤 일을 하셨나요?

한국에 돌아왔을 당시에는 유명한 셰프 밑에서 도제식으로 배우기보다는 특급 호텔에 들어가는 게 셰프들의 꿈처럼 여겨졌어요. 저도 국내에 있는 특급 호텔에 열 군데 정도 지원했는데 채용이 안 되더라고요. 첫 번째로 지원한 호텔에 전화했을 때는 오버 스펙이라며 거절하셨어요. 그 이후에 채용 사이트를 뒤지면서 일자리를 많이 찾아보다가 메뉴 개발자라는 직업을 처음 보게 된 거죠. 당시 한국에서는 생소한 직업이었는데, 미국에서 제가 하던 일과 비슷하더라고요.

미국 호텔에서 일할 때 총주방장이 당시 막내였던 저를 불러서 한국 요리를 시킨 적이 있었어요. 서양 요리를 배워왔는데 갑자기 한식을 하려니까 어렵더라고요. 일주일에 이틀 쉬는데, 한국에서 책을 받아 레시피를 연구하고, 부모님께 전화해서 물어보면서 연구했어요. 인터넷으로 한국 요리 레시피를 찾을 수 있는 시대가 아니었거든요. 총주방장님에게 시연을 하는데 제가 요리하는 과정을 전부 촬영해서 기록하고, 음식에 쓰인 모든 재료를 계량하시더라고요. 그릇에 담아서 마무리하면, 총주방장님이 생각한 접시를 다시 가져와서 옮겨 담은 다음에 어울리는 가니쉬를 얹으셨어요. 저는 원래 하던 대로 잡채에 깨를 뿌려서 마무리했는데, 전혀 생각해보지 못한 고수와 튀긴 마늘칩을 사용하시더라고요. 가격이 비싼 메뉴에는 랍스터를 곁들이기도 하고요. 이런 식으로 변

항상 '오늘이 마지막 날일 수도 있다'는 마음으로 일했던 것 같아요.
그 시간이 헛되지 않도록 그날 배운 것을 사진 찍고 정리했어요.

개와 고양이
집 나가자 꿍꿍꿍
축구 선수 윌리
그림자 괴물이 나타났다!
오징어
토끼 인형
RING BINDER · 3HOLES
D-RING BINDER
Bistro Seoul
가정요리레서피
가정 요리
2010. 8 ~

형하는 걸 옆에서 지켜보면서 정말 많이 배웠어요. 운이 좋았다고 생각해요. 이 작업이 실제 메뉴 개발자가 하는 작업하고도 다르지 않았기 때문에 한국에 와서도 일을 해낼 힘이 생겼던 거죠.

그럼 바로 메뉴 개발자로 일을 시작하게 된 건가요?

메뉴 개발자로 일하기 전에 요리학원에서 강사로 3년 동안 일했어요. 셰프가 되려고 했는데 학원에서 일하니 매일 혼란스러웠어요. 그래도 모든 일에는 배울 점이 있잖아요. 아무리 괴롭더라도 이 마음 하나만은 꼭 지키고자 했어요. 학생을 가르치려면 자격증을 알아야 하니 저도 요리사 자격증 중에 복어 자격증 뺀 나머지를 전부 취득했고, 찾아오는 학생 분들께 서비스 마인드를 갖추고 가르치려고 노력했죠.

회사에서 메뉴 개발자로 일하다 보면 사람을 설득하는 일이 대부분이에요. 이때 커뮤니케이션 스킬을 요하는데, 학원에서 학생들에게 요리를 가르치고 이해시키기 위해 수없이 설명했던 시간이 굉장히 도움 됐어요. 그 순간에는 힘들고 막막해도 열심히 배워두면 인생에서 결코 헛된 일은 없다는 걸 살면서 이해하게 된 거죠.

직장인으로서 정말 공감되는 이야기를 해주셨어요. 전혀 달라 보이는 일에도 본질적으로 필요한 스킬들이 있는 것 같아요. 이

를 알고 자신만의 스킬로 만드는 과정은 어렵지만 중요한 것 같습니다. 요리학원에서 근무하신 이후 외식업계에서 본격적으로 메뉴 개발을 시작하셨는데, 업무 유형이 완전히 달라졌을 것 같아요. 고객과 직접 만나는 일에서, 개발한 메뉴를 통해 간접적으로 고객을 만나는 일에는 상당한 차이가 있으니까요.

오너 셰프가 직접 운영하는 레스토랑은 셰프 자신이 생각하는 가치를 담아 음식을 만들어 손님께 드리면 돼요. 하지만 회사에 속해서 메뉴 개발을 할 때는 회사를 대변하면서도 대중을 생각해야 해요. 회사가 추구하는 방향, 회사의 고객을 생각하면서 제 경험과 스킬을 잘 풀어내야 해요. '이 회사에서 최현정을 보여주겠어!' 이런 자세보다는 회사의 방향을 이해하고 거기에 발맞춰 움직여야 하죠. 회사를 바꿀 때마다 회사 색에 맞게 옷을 잘 바꿔 입으면서요.

개발한 메뉴를 같은 회사의 직원들에게 설득하는 과정도 필요해요. 제가 설계한 메뉴를 함께 만들어갈 사람의 마음이 가장 먼저 동해야 하는 거죠. 그래서 잘 설득해야 해요. 이 메뉴를 왜 만들었는지에 대한 논리와 인사이트가 확실해야 하고, 왜 이렇게 생각했는지 잘 전달해야 해요. '우리가 지금 타깃으로 하는 손님이 누구이기 때문에, 이 시점에 이런 재료가 필요하고, 이런 조리 방법이 필요하다, 고객이 구매하고 싶은 적절한 가격은 이렇고 유사한 제품 가격대는 이렇다. 경쟁사로 생각하는 회사에서는 이러

한 비슷한 제품군이 있다. 거시적으로 이 제품의 방향성은 이렇게 흘러갈 것이다'라는 식으로, 사람들에게 내가 세운 논리를 확실하게 보여줘야 하죠.

메뉴 개발은 단순히 사람들이 좋아할 메뉴를 만드는 것이 아닌 문제점을 발견하고 해결하는 과정이라 현장에서 문제 해결의 실마리를 찾아야 한다는 이야기를 들은 적이 있어요. 일본의 디자이너인 하라 켄야가 '디자인의 본질은 문제를 발견하고 해결하는 과정에 있다'는 말을 했는데, 메뉴 개발의 본질도 이와 비슷한 맥락이 아닌가 싶습니다.

질문 주신 것처럼 단순하게 업장 컨셉에만 맞는 메뉴를 개발했다면 긍정적인 변화를 만들지 못했을 거예요.

첫 번째로 맡은 브랜드에서 메뉴 개발을 한 이후에 혼자서 한식 브랜드를 맡게 됐어요. 기존 메뉴판을 보고 개발할 수 있는 메뉴를 생각해보라는 미션을 받았어요. 문제를 정의하는 것부터 그에 대한 답까지 혼자 찾아내라는 거죠. 당시에는 '그동안 개발했던 메뉴가 마음에 들지 않아서 이렇게 해고 절차를 밟는 걸까?'라고 생각했어요(웃음). 하지만 제가 살아온 세월도 만만치 않았으니 마냥 포기할 수는 없었어요. 나갈 때 나가더라도 확실한 평가를 듣고 나가야지, 미리 겁먹고 퇴사하면 안 되겠다고 생각했죠. 나중에 후회할 일을 만들고 싶지 않았어요.

담당하게 된 브랜드의 주방에서 일하면서 관찰해보니 오피스 상권이라 점심 장사는 너무 잘되는데, 저녁 장사가 안 되더라고요. 주방을 꽉 잡고 있는 실장님 옆에서 일을 도와가며 이것저것 여쭈면서 개선안을 생각했어요. 음식을 먹을 때 손님들이 무엇을 원할지도 생각해봐요. 오는 손님들을 보면서 편하게 와서 즐기는 분위기인지, 비지니스 미팅 겸 오는지, 먹는 방식을 관찰하면서요. 예를 들어 고기를 먹고 싶은데 먹고난 이후 냄새를 걱정하는 사람들이 많으니까, 삶은 후 숯불에 구워서 내야겠다고 생각할 수 있죠. 이런 식으로 고객이 원하는 포인트를 읽으면서 메뉴를 개발하죠. 하나를 성공시키니 이곳저곳에서 강연 요청이 들어왔고, 다른 메이저 외식 브랜드 메뉴 개발도 맡게 됐어요.

매드포갈릭, 파리바게뜨 등 여러 메이저급 외식 브랜드의 메뉴 개발을 주로 하셨는데, 신규 브랜드를 론칭하면서 메뉴를 개발하는 것과 이미 인지도가 있는 브랜드의 메뉴를 개발하는 것에 차이가 있을 것 같아요.

신규 브랜드라면 설계한 메뉴 전체가 호기심의 대상이 될 수 있지만, 이미 장사가 잘되는 외식 브랜드를 찾는 손님은 항상 드시던 메뉴를 찾는 경우가 대부분이에요. 그래서 기존에 먹던 메뉴 말고 새롭게 개발한 메뉴를 왜 먹어야 하는지 설득하는 과정이 꼭 필요하죠. 이미 알고 있는 방식에 약간의 새로움을 주면서 고객들의 호기심을 일으키는 것도 중요해요. 농가나 식자재 거래처를 만나 새로운 품종이나 특이한 것은 없는지 물어보고, 찾는 아이템이 없다면 재배해달라고 요청하면서 고객이 새로움을 느낄 만한 재료를 찾는 것도 방법이죠.

당시 제가 일하던 양식 레스토랑에서는 로메인을 많이 썼는데, 차별화를 위해 미니코스를 쓰고 싶어서 농가를 찾아가 재배를 부탁하기도 했어요. 그런 다음 구매팀이 재배를 할 수 있게 돕는 거예요. 아쉬운 사람이 우물 판다는 말 있잖아요. 메뉴 개발자에게는 재료가 너무 중요하니 이곳저곳 돌아다니며 새로운 재료를 찾아다닌 거죠.

더 많은 사람과 상생하는 것이 중요하다고 생각해요

현재는 한국 맥도날드의 이사로 계시지요. 레스토랑에서 패스트푸드 분야로 옮기셨는데, 셰프님께는 또 다른 도전이었을 것 같습니다. 지금까지 개발한 메뉴 중 버거를 개발하는 것이 가장 어렵다고 말씀하시기도 했죠.

메뉴 개발자가 할 수 있는 정점이라고 생각해요. 맥도날드에서는 신메뉴를 론칭할 때 많게는 두 가지 정도에 집중하는데, 해당 제품의 판매량에 온 시선이 집중되기 때문에 더 신중하게 만들고,

더 많은 관계자들을 설득하는 작업이 필요해요. 부담감도 훨씬 크고요. 또 전국적으로 매장이 많다 보니 판매되는 햄버거 양이 어마어마해서 제가 원한다고 아무 식재료나 쓸 수 없어요. 햄버거에 들어가는 식재료를 안정적으로 수급하려면 8개월에서 1년 정도 앞서 공급처와 계약을 마치고 생산 준비를 해야 하거든요.

미국 맥도날드 본사에서 제조 공장, 재료를 수급하는 협력사를 선택하는 기준과 제약도 어마어마하게 많아요. 농산물은 어떤 환경에서 자란 것만 사용해야 하고, 어떤 인력을 갖춰야 하고, 점검 시스템 같은 것도 세세하게 봐요. 그래서 같이할 수 있는 협력사가 많지 않아요. 지금 같이 일하는 협력사들도 65년간 맥도날드와 함께 성장한 대형 협력사예요. 규모가 작은 공장에서 제가 원하는 식재료를 가지고 있다 해도 필요한 물량을 맞추기 어려운 경우가 대부분이고요. 그래서 협력사 한 곳 한 곳이 소중해요. 협력사에서 일하는 연구원분들을 동료라 생각하며 일해요.

또 햄버거 자체의 가격이 높지 않다 보니 재료 원가 몇백 원 차이에도 판매가가 심하게 흔들려요. 토마토 한 장이 엄청난 영향을 줄 정도니까요. 햄버거 재료를 쌓는 순서에 따라서도 맛이 엄청나게 달라지고, 어떻게 포장해야 모든 재료가 안정적으로 담길 수 있는지까지 연구해요. 제조 과정에서도 고려해야 할 점이 많은 거죠.

동시에 세일즈 전략까지 생각해야 해요. 1년을 펼쳐놓고 봤을 때 모객은 어떤 메뉴로 할 것인지, 할인은 어떻게 할 것인지, 이 달에는 모객 몇 명, 매출 몇 프로 상승을 목표로 할 것인지, 메뉴 개발 시작 시점부터 전략을 세워요.

맛의 조합을 생각하는 것뿐 아니라 재료의 수급부터 세일즈 전략, 수익성 등 판단해야 하는 것들이 많아졌네요. 개인의 개성과 철학을 내세우기보다 철저하게 상업적인 태도로 작업해야 하는 일이군요.

저는 셰프지만 월급받는 회사원이에요. 제 이름을 알리는 방향이 아니라, 회사가 롱런할 수 있는 방향으로 개발해야 해요. 물론, 입사 초반에는 많은 제약 때문에 업무에 적응하기 어려웠던 것도 사실이에요. 매일 퇴근하면서 '여기서 내가 할 수 있는 게 없는 것 같은데 퇴사할까'라는 생각을 1년 정도 한 것 같아요. 정말 수갑 차고 일하는 듯한 답답함이 있었어요(웃음). 셰프지만 셰프의 뜻대로 만들지 못하고 수많은 법규와 규정, 재료의 원가, 1만 5천 명이 넘는 맥도날드 크루들의 현장 시스템을 고려하다 보면 제 생각을 펼칠 수 있는 여지가 점점 줄어들거든요. 회사에 근무하는 셰프라도 본래 요리하던 기질이 있기 때문에 제약이 많은 곳에서 생각한 것을 펼쳐내지 못한다는 답답함이 있어요. 그래서 사람 뽑는 것도 참 어렵고, 직원을 회사에 적응시키고 설득하는 과정도 쉽지 않아요.

그럼에도 개발한 메뉴가 많은 분께 전달되니까 엄청난 보람을 느낄 수 있죠. 한 메뉴를 출시할 때도 소비자에게 신메뉴의 맛은 어떤지, 구매 의향은 있는지, 얼마를 지불하고 싶은지, 브랜드와 얼마나 어울린다고 생각하는지 등 고객 대상 리서치와 집단심층면접으로 답변을 받아요. 마지막으로 메뉴를 내보내기 전에 고객 니즈에 맞도록 좀 더 날카롭게 조정해볼 수 있는 거죠. 메뉴 개발자에게는 이런 객관적인 피드백, 데이터가 참 소중하거든요. 이런 데이터가 쌓이면 고객들이 좋아하는 맛을 더 날카롭게 찾아낼 수 있으니까요. 기업으로 이직한 가장 큰 이유도 정확한 데이터와 근거를 기반으로 일해보고 싶어서였어요.

맥도날드에서는 어떤 과정을 통해 메뉴 개발을 하고 계신지 궁금해요.

첫 번째 단계에서는 제품 기획을 해요. 누가 타깃이고 출시 목적은 무엇이어야 하는지. 설정한 컨셉에 맞게 재료를 구성해서 재료 배치 순서와 총 원가, 예상 판매가를 정한 다음 설정한 고객군이 납득할 만한 수준인지 검토하죠. 그다음은 운영팀과 현장 직원이 신메뉴 조리 과정이 너무 복잡한 건 아닌지 충분히 테스트해서 운영 가능한지 확인해요. 배달도 많이 하니까 배달 오토바이에 실어서 제품에 얼마나 변화가 있는지도 보고요. 이렇게 내부 검토를 마치면 출시 전에 소비자 조사를 하고 단가를 책정해서 출시하는 과정을 거쳐요.

이때 여러 개의 메뉴가 서로 다른 개발 단계에서 테스트 중이기 때문에 사람의 머리로 기억할 수 없으니 기록을 철저히 해야 해요. 유관 부서에도 내용 공유를 잘해야 하고요.

세계의 맥도날드에서 그 나라에 맞게 메뉴를 현지화하는 작업도 하신다고 알고 있어요.

딸기칠러와 자두칠러가 현지화를 하면서 탄생한 메뉴예요. 스무디 메뉴를 개발해야 하는데 미국에서 이미 팔고 있던 제품을 가져와서 판매해봤어요. 블루베리와 석류를 섞은 음료나 레몬 슬러시에 딸기 시럽을 넣은 메뉴였는데 우리나라 사람들이 일상적으로 먹는 과일도 아니고 맛도 익숙하지 않아서 고객이 찾지 않더라고요. 처음부터 다시 고민하고 출시했던 메뉴가 자두칠러였어요. 자두가 참 맛있는 과일인데 여름에 반짝 나오고 없어져서 아쉽잖아요. 어렸을 때 자두 사탕을 즐겨 드신 분들도 많고요. 그래서 협력사와 자두 퓌레와 천연자두향을 연구해서 출시했더니 성공한 거죠.

반면 겨울에는 차가운 얼음 음료를 먹고 싶어 하지 않으니 스무디 기계를 놀려야 했어요. 근데 장비는 오랫동안 사용하지 않으면 망가지거든요. 겨울에 스무디를 먹게 하려면 어떤 종류의 칠러를 내야 할지 고민했죠. 한국 사람들은 한겨울에도 아이스커피를 마시기도 하잖아요. 아이스커피처럼 잘 맞는 칠러 아이템을 찾으면 추워도 팔린다는 거죠. 그때 떠올렸던 게 딸기였어요. 제가 부모가 되어보니 마트에서 딸기를 사려니까 비싼 거예요. 아이를 위해서라면 살 수 있지만, 일주일에 두 팩씩 먹으니까 부담은 되더라고요(웃음). 30~40대 부모 고객들이 맥도날드 와서 딸기 칠러를 합리적인 가격에 살 수 있으면 좋겠다고 생각했어요.

그런데 회사에 '겨울에 딸기가 나오니까 칠러를 해야 한다'라고만 하면 설득력이 없잖아요. 당시 농가 기술력도 발전했고 11월부터 하우스에서 딸기가 재배되어 단맛이나 품종도 지속적으로 개발되고 있었어요. 발표를 할 때 이런 점을 언급하면서 어떤 품종이 개발됐고, 농가가 올린 수익, 마트의 과일 판매 성장률, 과일 주스나 썰려 있는 과일이 점점 많아지면서 칼 도마의 매출이 떨어진 데이터, 딸기를 사용하는 타 외식 브랜드의 사례 등을 가져와서 '왜 딸기인가?'에 대한 근거를 제시했어요. 겨울에 출시했고 첫해부터 대박이 났죠. 그런데 잘 팔린다고 1년 내내 팔면 희소성이 떨어지니까 딸기가 끝나는 시즌에는 다른 과일 음료를 출시해야 해요. 사이드 음료에도 전략을 잘 가지고 있어야 하는 거죠.

셰프의 시선에서 햄버거를 바라보는 관점도 궁금해요. 셰프님의 저서인 《샌드위치의 기초》에서 '한입에 베어 무는 음식이라 모든 재료의 조합이 어떤 음식보다 중요하다. 누구나 쉽게 만들

수 있지만 잘 만들기 어렵다'는 말씀을 하셨죠. 햄버거도 같은 맥락에서 빵, 소스, 속재료의 조합이 굉장히 중요하겠네요.

햄버거나 샌드위치 모두 첫입에 맛이 판가름나기 때문에 어려운 음식이라 생각해요. 간단해 보이는 조합 안에도 고려해야 할 사항이 많죠. 첫입을 먹었을 때와 마지막 한 입을 먹었을 때 최대한 균일한 맛을 느끼게 하려고 소스 분사 양을 넓히는 식으로 해결책을 찾고, 각 재료의 맛을 살리려고 조리하는 시간을 미세하게 조정해요. 번 굽는 시간이나 조리 방법을 개선하고, 채소의 보관 양을 조절해 신선도를 조절해요.

다른 매체와의 인터뷰에서도 '햄버거의 마지막 맛을 잡는 것이 소스고, 맛있는 소스를 만드는 것과 이를 대량화하는 것은 또 다른 과제'라고 말씀하셨어요. 어떤 과정을 통해 대량화가 이루어지고, 대량화 과정에서 어려운 점은 무엇인가요?

햄버거 소스를 만들 때 협력사에 레시피와 샘플을 보내면 그쪽 연구소에서 제가 보낸 것을 바탕으로 다시 만들어와요. 기존에 협력사에서 사용하는 재료가 있기 때문에 다른 맛이 날 수밖에 없어요. 이걸 감안해서 작업하는 거죠. 맛의 차이를 서로 논의하면서 다시 잡아가는 일을 동시에 해야 하는 거예요. 그렇게 잡은 맛으로 초도 물량을 만들고 또 맛을 보면서 논의해요. 그렇게 맛을 맞추면 이제 대량생산을 한 소스로 최종 테스트를 하죠. 여기서 괜찮으면 통과하는 거고 그렇지 않으면 폐기해요. 이렇게 하나하나 컨펌해야 하는 일이 정말 많아요. 원자재가 바뀌면 맛이 틀어지기 때문에 컨펌의 연속이 될 수밖에 없고요. 딸기칠러도 매해 딸기의 단맛이 바뀌니까 맛을 계속 조정하거든요.

메뉴 개발은 수많은 맛을 보고 평가하며 결정하는 과정의 연속이네요. 좋은 맛을 찾아 연구하고 많이 맛봐야 하는 게 일이기도 하고요. 먹는 일 자체를 좋아하시겠지만, 가끔은 먹는 것 자체만으로 힘드실 때가 있을 것 같아요. 그럴 때일수록 좋아하는 것과 일의 경계를 명확히 해야 한다고 생각하는데, 셰프님은 이 균형을 어떻게 맞추고 계신가요?

한국음식을 테스트할 때는 식사라고 생각하고 즐겁게 먹어요. 근데 모든 메뉴가 그렇지는 않으니 맛을 보는 차원에서 먹어요. 개발한 메뉴를 먹는 건 괜찮은데 컨펌을 하고 재컨펌 과정을 여러 번 거치면 힘들 때가 있어요. 고객이 똑같은 품질을 경험할 수 있도록, 견뎌야 하는 과정이에요.

테스트하는 메뉴가 늘면 하루 한 끼라도 내가 좋아하는 음식을 먹겠다고 생각해요. 내가 먹고 싶은 음식으로 한 끼를 먹는 게 너무 소중해서 내 손으로 직접 만들어 먹어요. 외식하면 아무래도 메뉴 개발자의 자아가 나오기 때문에 집에서 주로 해 먹는 편이죠. 이게 저한테는 휴식이에요.

HNUTS
mount
12 oz.
8 oz.
1/8 oz.
¾ oz.
¾ oz.
4 oz.
1 lb.
8 oz.
6 oz.
ogether)
4 lb.
2 ¾ oz.
1 qt.
7 oz.
10 lb.
n time: 20 min. + shaping + frying)
ices, and shortening until light and fluffy.
the sides of the bowl occasionally.
ther.
ingredients and mix until blended.
is so dark in color to
pen and examining

소비자에게 맛있는 음식을 전달하는 것도 중요한데
더 많은 사람과 상생하는 일이 중요하다고 생각해요.

타 부서와 협업할 때 셰프님께서 중요하게 생각하는 것은 무엇인가요?

대량으로 제품을 출시하는 일이다 보니 내 부서 못지않게 유관 부서와의 협업이 잘 이뤄져야 하고, 협업하는 과정에서 리더십을 인정받는 게 중요해요. 어려운 상황에서도 주변 사람과 조화롭게 일할 수 있는 성품이 중요하죠. 각자의 업무 롤을 존중하면서 커뮤니케이션해야 하고요.

직장에서 오랜 시간 경력을 쌓으면서 셰프님만의 결이 담긴 업에 대한 철학이 있을 것 같아요.

소비자에게 맛있는 음식을 전달하는 것도 중요한데 더 많은 사람과 상생하는 일이 중요하다고 생각해요. 박사과정을 농업경제로 선택한 것도 농가에서 재배하는 식재료를 더 전문적으로 바라보고, 지역의 재료로 수출까지 할 수 있는 메뉴 개발을 해보고 싶은 마음이 있었기 때문이죠.

너무 멀리보다는
한발짝만 더 나아가서 다지세요

20대부터 30대까지 그리고 40대인 지금, 인생에서 크게 변한 시기를 꼽으신다면, 언제일까요?

두 번 정도 그런 시기가 있었어요. 첫 번째는 미국에서 요리하고 한국에 왔는데 생각과는 달리 내가 노력한 시간을 모두 인정해 주지 않았을 때. 선택지가 많지 않아서 요리학원에 들어가 이런 저런 일을 겪으며 자존심도 많이 상했지만 그렇다고 꿈을 포기한 건 아니었거든요. 이때 버티는 힘을 길렀던 게 30대에 회사 생활 하면서 정말 큰 도움이 됐죠.

맥도날드에 입사해서 성과 중심으로 평가받는 문화에 적응하는 단계에서도 많이 변했어요. 저는 수직적인 기업문화에 익숙한 사람인데 맥도날드는 외국계 기업이라 수평적인 조직문화에, 업무에 성과를 내야 서로를 알아가요. 처음에는 외롭다는 느낌을 많이 받았는데 몇 달 지나고 나니까 이렇게 편한 삶이 없더라고요.

육아와 일을 하며 박사 과정을 밟으셨는데, 이 셋을 동시에 해낸다는 건 보통 의지로 가능한 일이 아닌 것 같아요.

정말 지옥 같았죠(웃음). 제 주변 사람들이 다 말렸어요. 다시 젊었을 때로 시간을 되돌린다면 더 나은 선택을 할 수 있을까. 저는 그냥 시간을 되돌리고 싶지 않아요. 단 한순간도 돌아가고 싶은 날이 없을 정도로 치열하게 살았어요. 회사에서 나오는 연차를 육아를 하거나 학교 가는 데 전부 쓰니까 체력도 고갈되고, 학업 스트레스를 제대로 받았어요.

그러면서 내가 절대 하지 않을 것 같았던 생각을 했어요. 회사를 왜 다니지? 근본적인 것부터 다시 생각해본 거죠. 쉴 시간은 없고, 아이는 내가 필요하고, 그 과정에서 남편과 불화도 생기고요. 감당하기 힘든 상황을 견디면서 회사에 다니는 이유는 무엇인지 스스로 물었어요. 결국 지금 이 삶을 계속 살고 싶어서인 거죠. 매달 받는 월급이 없으면 안 되는 여건이니까. 급여가 주는 힘으로 생활의 무게를 버티면서 지금까지 온 거예요.

모든 회사원이 생활을 이어나가기 위해 이직이나 승진을 준비하는 것처럼, 저도 똑같아요. 50대인 분도 넥스트 커리어를 고민하세요. 그보다 더 높은 직급에 오른 분도 같은 고민을 하시고요. 정년을 보장해줄 수 있는 확실한 무언가가 없는 이상 당연하게 받아들여야 하는 우리의 삶인 거죠.

박사 과정도 본질적으로는 자아실현이 아니라 넥스트 커리어를 위한 과정이었던 거고요. 나중에 어디에 어떻게 쓰일지는 모르겠지만 당시에 크게 도움이 됐던 건 있어요. 저는 메뉴 개발을 잘하고 재능도 있으니까 겸손하기보다 우월감을 가지고 살았을 수도 있었을 거예요. 그런데 내가 잘 모르는 분야에서 공부하다 보니 나는 너무 못하는 게 많은 사람인 거예요. 그렇게 깨지고 치이면서 삶의 태도가 중립적으로, 균형이 맞춰지더라고요. 내 분야가 아닌 곳에서 지금까지 쌓은 경험이 다 통하지 않는다는 걸 인정하게 됐어요.

육아하면서 일하는 여성들은 아직도 경력 단절을 걱정하는 게 현실이에요. 셰프님도 출산과 육아를 겪으며 같은 고민을 하셨을 것 같아요.

아이 키우는 여성 동료들을 보면 본인들의 커리어가 중요하기 때문에 아이 이야기를 회사에서 많이 하지 않아요. 대화해보니 아이 이야기를 많이 하면 육아 핑계를 댈 것 같다고 생각하거나 본인의 업무를 과소평가할 것 같다고 염려하고 있더라고요. 저도 30대에 직장 생활을 하면서 임신했을 때는 공백이 길어져 업무 효율이 낮아질까 봐, 동료들의 신뢰를 잃을까 봐 불안했어요. 더군다나 30대면 한참 커리어를 불태울 때이기도 하고요.

나한테 일도 정말 중요하지만 내 삶의 많은 부분을 차지하는 아이도 너무 중요하고 보살핌이 필요한 시기가 있잖아요. 남편과 저, 모두 일을 하기 때문에 아이 세 살 때까지는 부모님이 돌아가면서 봐주셨어요. 남편도 육아 휴직해서 1년 돌보고요. 이후에는 돌봄서비스도 시도해봤는데 맞는 분을 찾기 힘들어서 실패했어요. 남편과 일하는 시간을 분배해서 저는 8시부터 5시까지, 남편은 10시부터 7시까지 일하면서 아이를 돌보기도 했고요. 부부의 의지만으로 되는 일이 아니에요. 사회와 회사가 배려하고 지원해 주지 않으면 일과 육아를 동시에 해내는 게 쉽지 않아요.

저도 정 방법이 없을 때는 매장에 데리고 가기도 했어요. 육아하다 보면 아이를 맡길 곳이 없는 상황이 있기도 하니 미리 양해를 구하고 아이를 데리고 갔던 거예요. 내 아이와 나에게 어려운 상황이 생겼을 때 일을 우선시했다는 후회를 만들고 싶지 않아 함께 가기로 결정한 거죠. 상사까지 오는 자리고 많은 직원이 모이는 자리였는데 당황스러웠을 수도 있지만, 누구도 그런 내색을 하지 않아 감사했어요. 아이도 한 번씩 엄마 일하는 것을 봐서 그런지 나중에 "엄마 일하러 갈게~" 했을 때 잘 이해하더라고요.

CBS 방송 프로그램 〈세상을 바꾸는 시간, 15분〉에서 '눈에 보이는 구체적인 노력이 꿈을 이룬다'를 주제로 강연하셨어요. 노력을 나만의 방식으로 구체화하는 고민이 중요하다고 언급하셨는데, 노력을 구체화한다는 개념을 조금 더 설명해주시겠어요?

지금 내가 하는 일을 면밀하게 들여다보는 거죠. 예를 들면 레시피를 배웠다고 해도 나만의 것으로 소화하려면 자료를 정리하고, 내용을 바꿔도 보고, 그런 기록들을 또 적어놓는 과정을 거치는 거예요. 오늘 나에게 주어진 것들을 자료화하고, 실체가 있게끔

만드는 것이 구체화하는 거라고 생각해요.

너무 멀리 보지 않고 지금 내가 하는 일에서 한발짝 더 나아가서 조금씩 다지는 거죠. 저는 메뉴 개발자지만 세일즈를 알아야 해요. 그럼 잘 아는 팀에 가서 하나씩 하나씩 물어보면서 공부하는 거죠. '이 정도 직급인데 이런 내용도 몰라?' 이렇게 생각할 수도 있죠. 그런 거 다 견디고 내가 모르는 것을 조금씩 구체화하면서 알아가다 보면 세월이 지났을 때 다 볼 수 있는 내용이 되겠죠. 가까운 곳에서 시작해 시야를 조금씩 확장해가는 거예요.

노력을 구체화하는 것도 중요하지만 노력의 방향성도 중요할 것 같아요. 앞으로 셰프님의 노력은 어떤 방향으로 흘러가게 될까요?

내 레스토랑을 운영하고 싶지 않냐는 질문을 자주 받는데, 음식만 잘한다고 성공하기 쉽겠어요. 회사가 메뉴만 보고 움직이는 건 아니니까요. 제 전략은 메뉴 개발 쪽에 특화되어 있어서 이쪽으로 날카롭게 다듬어가고 싶은 거죠. 이번 봄에 맥도날드 글로벌 본사의 아시아 비즈니스 부분 메뉴 개발자 대표가 됐어요. 아시아를 대표해서 미주, 유럽 본사와 정보를 공유하는 역할이에요. 맥도날드에서 8년간 제 노력을 구체화하면서 쌓은 능력치를 글로벌하게 펼쳐보고 싶어요. 한국에 국한해서 개발하는 것이 아니라 외국 시장에서 현지 사람들에게 맞는 제품을 만들어보려고요. 다른 나라의 소비자 인사이트를 보고 현지인에게 맞는 브랜드, 정체성을 지키는 메뉴를 개발하는 방향으로 가려고요.

단단한 길

오너 셰프로서 자신만의 요리 철학을 바탕으로 노력하되, 타협하지 않는 결과를 보여주는 이들이 있습니다. 미토우의 김보미 셰프, 라라관의 김윤혜 셰프, 그리고 한식의 대가라 불리는 조희숙 셰프는 자신만의 결을 찾아내 다듬어왔습니다. 장인정신을 유지하기 위한 노력, 현지 고유의 맛을 소개하겠다는 다짐, 세계를 향하는 한식의 맛을 지키겠다는 사명으로 쉽지 않은 길을 먼저 걸으며, 단단하게 다져온 이야기를 들어봤습니다.

미토우 오너 셰프

김보미 셰프

새로운 맛에는
새로운 계절,
이야기가 담기는 법이다

몇 년 전 한 작은 우동 전문점에서 '새로운 가족이 생기고, 시간의 밀도가 높아졌습니다'라는 문구를 본 적이 있습니다. '시간이 조금 더 빨리 흐른다는 뜻일까?' 하고 막연하게 생각했죠. 하지만 수 년 후, 미토우라는 또 다른 작은 공간에서 저는 시간의 밀도가 달라진다는 말의 뜻을 새롭게 이해하게 되었습니다.

계절의 증거들을 하나하나 모아 그릇 안에 담아 내는 김보미 셰프의 손끝에서는 계절의 농도가 진해집니다. 짙어진 농도만큼이나 시간이 의미하는 무게감이 달라지는 것이라는 걸, 그의 요리를 통해 비로소 깨달았습니다. 그렇기에 저는 김보미 셰프를 '올곧은 길을 걸으며 계절을 압축하는 사람'이라고 소개하고 싶습니다.

Kim Bo Mi

스무 살에 대학교 인턴십 프로그램으로 일본을 접한 뒤 현지에서 공부하고 취업하며 일식을 배우기 시작했다. 그때 만난 권영운 셰프와 함께 2018년 제철 음식을 선보이는 미토우를 한국에 오픈했다. 미토우는 '슌노카오리', 계절의 향기를 주제로 한국의 신선한 제철 식재료의 맛을 살린 일본요리를 선보이며 2021년에는 미쉐린 가이드 서울에서 1스타를 받았다.

요리는 어떤 마음으로 임할지
몸에 익히는 수행이에요

일본을 가깝고도 먼 나라라고 하듯 일본요리도 익숙하지만 명확히 설명하기 힘들다고 느끼는 사람들이 많은 것 같아요. 미토우도 김보미 셰프님만의 색깔로 풀어가고 있지만, 타인에게 소개할 때 혹은 SNS에 해시태그를 달아 미토우를 소개해야 할 때 뭐라고 설명하는 게 좋을까요? 갓포인가요, 가이세키인가요?

따지자면 갓포에 가까워요. 가이세키 요리는 일본요리 중에서도 가장 고급 요리예요. 요리 자체만 급이 다른 것이 아니라 음식을 즐기는 격식이 굉장히 중요하죠. 정해진 틀에 맞춰 계절감과 정성, 감성을 먹는 하나의 문화죠. 엄격한 규칙을 따라 코스가 펼쳐져요. 술병이나 오브제, 그릇과 수저의 위치까지도 정해져 있어요. 만드는 사람에게도, 즐기는 사람에게도 쉽지 않은 문화예요. 그에 비해 갓포 요리는 조금 더 자유로워요. 고급 요리를 지향하지만 가이세키처럼 엄격한 규격과 규칙에서는 벗어나 있거든요. 보통 개별 룸에서 서비스가 이루어지는 가이세키와 달리 미토우는 카운터(바 테이블)와 일반 테이블 하나로 구성되어 있는 20석 미만의 작은 가게라서 셰프와 손님이 바로 소통할 수 있는 곳이에요. 고급 요리를 지향한다는 점에서 가이세키라고도 생각하시는 것 같지만, 굳이 따지자면 형식 면에서 갓포에 가까울 것 같아요.

사실 저희는 갓포인지, 가이세키인지 굳이 구분하거나 구애받지 않으려고 해요. 일본에서도 요즘은 형식을 따로 정하지 않는 편이에요. 예전에는 가게 이름에 가이세키, 갓포 등을 붙여서 자신들의 컨셉을 정해놓는 편이었는데 요즘은 깔끔하게 이름만 넣어요. 그러다 보니 저희도 굳이 틀을 정해놓고 그 안에서 움직이지 않는 편이 좋겠더라고요.

틀을 벗어났다고 해서 기본을 지키지 않는 것은 아니에요. 형식이 다르다고 해서 제가 일본에서 배웠던 요리를 대하는 마음가짐이 달라지는 것도 아니고요. 저는 여전히 늘 같은 마음으로 요리를 해요. 형식을 정해놓고 손님들에게 이해시키는 것보다는 손님들이 어떻게 받아들이시는지가 더 중요할 뿐이죠.

같은 일본요리 안에서도 문화의 차이점은 분명하게 존재하지만, 결국 어떻게 받아들이느냐가 중요하다는 거군요. 그간 꾸준히 일본요리를 대해온 셰프님은 어떻게 받아들이고 계신지 궁금해요.

주방의 배움에 있어서 일본에서는 '배운다'보다 '수행한다'고 주로 표현해요. 요리를 배운다는 것은 단순히 기술을 습득하는 것이 아니라 어떤 마음으로 요리에 임해야 하는지를 몸에 익히는 과정이더라고요.

일본에서 처음으로 일을 시작했던 하코네 료칸 견습생 시절에 제가 꼭 해야 하는 일 중 하나가 매일 아침 선배들 차를 타주는 일이었어요. 처음에는 도대체 왜 나한테만 이런 일을 시키냐며 짜증도 냈어요. 그런데 매일 차를 타다 보니까 알겠더라고요. 그 일이야말로 손님을 대하는 마음가짐을 연습하는 것이었어요. '오늘은 날씨가 추우니 따뜻한 차를 준비하는 것이 낫겠어' '이 사람은 조금 진한 차를 좋아하니까 진하게 타야지' 같은 생각을 자연스럽게 하게 만드는 거죠. 이 사람이 어떤 것을 생각하고, 마시고 싶을지 먼저 고민하게 하는 거예요. 물론 저도 당시에는 그 일이 무슨 의미인지 몰랐어요. 제가 깨닫기도 전에 제 몸에 배도록 손님의 취향과 날씨, 기분을 파악하는 감각을 다시 세우는 일이랄까요.

청소나 정리처럼 매일 하는 작은 일이나 별것 아닌 것으로 보이는 일에도 의미가 있고, 그 의미를 온몸으로 깨닫고, 내 삶의 일부가 되게 한다는 점. 기술이 아니라 자세와 마음가짐을 익혀야 한다는 점에서 수행이라는 표현이 가장 정확하다고 생각해요. 그리고 그 마음가짐을 가장 깊은 곳에 두고 지켜가는 것이 셰프로서의 제 철학 중 가장 중요한 것이기도 해요. 이후에 다양한 곳에서 일했지만 이 마음가짐은 한 번도 달라진 적이 없었어요. 그런 수행과 깨달음의 시간들이 모여서 일본의 '장인정신'을 만드는 것 같아요.

별것 아닌 것으로 보이는 일에도
의미가 있고, 그 의미를
온몸으로 깨닫고,
내 삶의 일부가 되게 해야 해요.

未到

일본의 장인정신을, 김보미 셰프님의 방식으로 한국에서 선보이는 곳이 미토우라고 설명해도 될까요?

맞아요. 제게 미토우는 손님을 만나는 가장 따뜻하고 편안한 공간이에요. 저는 자유롭게 소통하는 것을 좋아하거든요. 단순히 요리를 서비스하는 것이 아니라 다양한 이야기를 나누고 싶어요. 그래서 저뿐 아니라 손님들에게도 미토우가 편안한 공간이 되도록 노력하고 있어요. 손님들이 미토우에서 식사하시는 동안 자연스럽게 이야기를 시작할 수 있는 장치를 곳곳에 녹였어요.

어떤 장치들이 있나요?

가게 한쪽에 있는 큰 꽃병의 꽃도 계절마다 바뀌고요, 벽에 걸린 노렌(가리개)도 계절이나 날씨, 분위기에 따라 바꿔요. 제가 서 있는 공간 뒤쪽에는 작은 그림이 놓여 있는데, 이 그림도 계절에 따라 바꿔두어요. 봄이 오기 시작하는 계절에는 꽃봉오리가 맺힌 매화나 벚꽃 그림을, 여름에는 수선화 그림을 놓는 등 계절에 맞도록요. 그림에서부터 계절의 향기가 느껴졌으면 해서요. 미토우에는 자주 오시는 단골손님이 많다 보니까 오셔서 “그림이 바뀌었네요?” 하고 물어보시면 그림의 의미에 대해 대답하면서 자연스럽게 대화를 이어가요.

미토우는 카운터 좌석이 대부분인 아주 작은 공간이에요. 좌석 특성상 일행과 마주 보는 대신 눈앞의 셰프와 음식에 집중할 수밖에 없죠. 가게나 셰프가 의도적으로 조용한 분위기를 만들기도 하지만, 저희는 경직된 분위기 대신 편안한 분위기를 만들고 싶어요. 어떤 손님들이 너무 조용하면 옆자리 손님에게 말을 걸면서 음식 소개나 이야기를 일부러 하기도 해요. 자연스럽게 들으실 수 있게요. 그러다 보면 금방 분위기가 풀어지더라고요.

그런 분위기에서는 요리에 관한 손님들의 피드백도 많이 받으실 것 같아요. 보통 요리를 개발하고, 만들고, 손님에게 내는 데 맛은 당연히 1순위이지만, 그렇게 손님과 대화를 나누시려면 요리를 구성하거나 낼 때 또 다른 고민이나 생각이 필요하실 것 같아요.

제가 만드는 음식에는 의도가 담겨 있어요. 한 달에 한 번씩 메뉴를 바꾸는데, 단순히 새로운 메뉴를 선보이는 것이 아니라 코스 메뉴의 흐름 사이로 계절과 이야기가 느껴지도록 해요. 6월은 토마토 다시를 뽑아내 만든 상큼한 요리나, 초당옥수수 솥밥을 넣어 여름의 푸른 느낌이 많이 느껴지도록 하고, 7~8월에는 보양 식재료를 사용한 보양 코스를 준비하죠. 매달의 메뉴가 새로운 프로젝트이다 보니 비교적 짧은 주기로 목표를 재설정하는 셈이에요. 새 메뉴를 짤 때는 메뉴에 어떤 의도를 담을 것인지와 함께 손님들의 반응도 생각해요. '이 요리를 맛보면서 이 요소에 손님들이 반응해줬으면 좋겠어' 하면서 메뉴를 구상하죠.

처음에는 저의 의도에 대해 생각해주시는 손님들이 많지 않았어요. 그리고 제 의도를 전혀 읽지 못하신 손님들이 왜 이런 방법으로 요리했는지 물으시면 힘이 빠졌어요. 제가 준비한 것들이 인정받지 못하는 것 같았거든요. 그럴 때마다 정말 지쳐서 그만두고 싶을 때도 많았던 것 같아요. 그런데 지금은 그 의도를 이해하고 읽어주시는 분들이 늘고 있어요. 음식뿐 아니라 미토우 자체, 미토우의 모든 부분에 대해 깊게 애정을 가지고 생각해주시는 분들이 늘어난 거고요.

최근 손님 한 분이 식사하시고 조심스럽게 말씀하더라고요. 미토우의 뜻인 '이르지 않은 경지'라는 말에 대해 정말 깊게 고민해보셨대요. "왜 그렇게 이름을 지었는지 생각해봤어요. 집에서 제가 곰곰이 생각을 해봤는데, 이루지 않더라도, 어떤 목표를 이뤄가는 그 모든 과정이 다 '미토우'이지 않을까요?" 가능성을 알아봐주시고, 그 길을 걷는 미토우를 응원하는 분들이 늘어나는 것만큼 감동적이고, 감사한 일이 없어요. 미토우는 그 겹겹의 시간이 쌓이면서 자연스럽게 완성되고 있어요.

손님을 생각하는 마음이 점점 커지는 거네요. 선배들의 차를 준비하면서 사람을 생각하는 것처럼, 셰프님의 말을 통해 음식을 접할 손님들을 생각하고, 무엇을 어떻게 할지 고민하고, 손님들의 경험을 더 좋은 방향으로 이끌 수 있도록요. 그렇다면 미토

우에서 가장 중요한 것은 손님인가요?

손님을 생각하는 마음은 물론 중요하죠. 손님이 있기에 셰프도 있으니까요. 사실 저희에게는 하루하루가 똑같은 일상이에요. 매일 같은 시장에 가고, 같은 채소를 다듬고, 비슷한 요리를 하고, 청소를 하는. 사실 지루하고 특별하지 않은 일상이지만 저희 가게를 찾는 손님들에게는 굉장히 특별한 하루일 수 있다는 생각을 잊지 않으려고 해요. 한 달, 두 달을 기다려서 찾아오시기도 하고, 결혼기념일, 생일 등 특별한 날을 위해 예약해주시니까요. 특별한 하루를 더 특별하게 만들어드리고 싶다는 마음가짐만은 변하지 않도록 계속 갈고닦고 있어요.

그런데 너무 손님을 생각하는 일에만 치우치면 안 돼요. 제가 저로서 온전하게 있어야 외부의 의견에도 흔들리지 않고 제가 생각했던 것들을 해나갈 수 있어요.

'나로서 온전하다'는 표현에 대해 조금 더 들어보고 싶어요.

처음에 가게를 오픈했을 때 저는 스스로에 대한 확신이 조금 부족했던 것 같아요. 그래서 많이 힘들었거든요. 준비도 덜 되어 있었고, 하고자 하는 목표, 보여주고자 하는 색이 명확하지 않았다 보니 손님들의 작은 반응에도 수없이 흔들렸어요.

오너 셰프가 되기 전에는 손님들의 반응이나 피드백에 크게 동조하지 않았는데, 오너 셰프가 되고 나니 손님들의 반응을 더 많이 신경쓰게 됐어요. 손님들이 크게 좋아하고 감동받으면 저도 굉장히 기쁘죠. 반대로 좋지 않은 피드백을 받았을 때는 더 크게 상처받아요. 처음에는 피드백에 따라 계속 크고 작은 요소들을 바꿨어요. 예를 들어 어떤 손님이 "생선을 조금 더 숙성하는 것이 낫지 않나요?"라고 하면 바꿔야 하는지 아닌지 몰라서 흔들리고. 간을 조금 세게 하는 것이 낫지 않냐는 분이 있으면 또 바꿔야 하나 고민하고요. 그런데 그렇게 하다 보니까 점점 우리가 지향하는 모습이 희미해지더라고요.

어떤 가게를 만들고 운영하는 과정에서 흔들리지 않고 그 가게만의 색을 유지하려면 내가 하는 것이 옳다는 확신이 필요해요. 그래야만 받아들여야 할 피드백과, 받아들이지 말아야 할 피드백을 구분할 수 있어요. 이 둘을 명확히 구분하는 데에는 분명 많은 시간이 필요해요.

저는 손님들의 피드백을 듣고 바로 반영하는 대신 왜 그런 피드백을 하셨을까 고민해봤어요. 간이 세다고 하신 분이, 정말 단순하게 그 음식의 간이 안 맞아서 그런 말을 한 걸까, 아니면 코스 어딘가에 영향을 미치는 다른 요소가 있는 걸까. 저희가 더 발전했으면 하는 마음으로 해주시는 말이잖아요. 그 의도를 생각하면서 음식을 다시 먹어보고, 코스를 다시 한 번 짚어보면서 스스로 물었던 것 같아요. 어떤 방향이 옳을지요. 무엇이 가게에 더 좋은 방향일지요.

그렇게 내 안에서 고민을 늘려나간 지 4년이 지난 지금은 손님들이 '이런 게 낫지 않냐' 같은 제안을 해주셨을 때 정확히 대답할 수 있어요. 이것이 저희가 고민 끝에 만들어낸 미토우의 문법이라고요. 작년까지만 해도 비슷한 고민을 많이 했는데, 올해는 그런 고민을 자주 하지 않네요. 미토우라는 공간과 저희 음식에 조금 더 확신을 가지게 된 것 같아요.

한국 식재료로 우리의 계절과 문화를 직관적으로 전달해요

해외에서 일하고 한국에 돌아와 그 나라의 정통 스타일을 선보이는 사람들을 많이 봤어요. 사람들도 오히려 한국화되지 않은 현지의 맛, 현지의 식재료에 열광하고요. 셰프님도 일본에서 현지의 맛과 문화, 전통을 배우신 거잖아요. 배우셨지만, 정통 일본요리가 아닌 '신新 일본요리'를 선보인다고 소개하시더라고요.

한국의 식재료나 문화에 일본요리의 기술로 풀어냈다는 뜻으로 '신 일본요리'를 지향해요. 미토우에서는 계절에 맞는 한국의 식재료를 가능한 한 많이 사용하려고 하고요.

요리의 기본은 식재료에서 시작하는데, 그 식재료가 나는 땅과 기후가 다르면 같은 맛과 향이 날 수가 없어요. 일본과 우리나라는 거리는 멀지 않은데도 계절에 맞는 식재료에 확연한 차이가 있어요.

일본과 한국은 춘분, 추분, 동지 같은 비슷한 절기를 가지고 있지만 문화가 다르다 보니 각 절기에 맞는 음식도 달라져요. 예를 들어 일본에서는 정월대보름에 달구경하며 떡으로 만든 경단인 당고를 먹는 풍습이 있어요. 우리나라에서도 달구경을 하지만 오곡밥과 나물을 먹고, 부럼을 깨잖아요? 그래서 미토우에서는 정월대보름이면 땅콩을 젓가락받침으로 사용해요. 만약 저희가 정월대보름에 당고를 낸다면, 손님들에게 말씀드리기 전까지는 이것이 정월대보름과 관련된 요리인지 모르시는 분들이 많을 거예요. 하지만 땅콩 젓가락받침은 우리나라 사람이라면 '아! 그래서 그렇구나' 하고 이해할 수 있죠. 식사가 끝날 즈음 땅콩을 깨드시면서 즐거워하시더라고요. 식재료를 통해 우리의 계절과 문화를 직관적으로 전달하는 셈이에요.

음식도 하나의 문화이고, 아는 만큼 보이는 거니까, 일본 문화에 익숙하지 않거나 일본에 대한 지식이 부족하면 음식을 온전히 느끼기 어렵긴 하겠네요. 셰프님의 요리를 최대한 이해할 수 있도록 한국에서는 한국의 식재료를 택하신 것이고요. 한편으론 우리가 이미 알고 있는 문화를 일본의 요리 기술로 풀어내는 것은 어떤 의도인지, 어떤 의의가 있는지 궁금해요.

한국인으로서, 한국에서 요리할 것이고, 한국인 손님들을 맞는다고 생각하니 일본요리를 자유롭게 한국식으로 풀어내야겠다고 마음먹게 되더라고요.

가이세키의 경우 섬세함과 완성도 측면에서 너무나도 멋진 요리고, 저도 그런 부분을 정말 좋아하지만 한국에서 재현하기에는 어려워요. 아까 가이세키는 계절감과 정성, 감성을 먹는 요리라고 말씀드렸는데요, 한국과 일본의 계절적인 상징이나 사용하는 도구가 다르기 때문에 제가 가이세키의 규칙을 완벽하게 지킨 요리를 선보이기는 어렵다고 생각했어요. 규칙이 가진 견고함과 경직된 분위기가 한국 정서에 맞지 않기도 하고요.

무엇보다 계절에 따른 식재료가 다르니까요. 한국에 저희랑 비슷한 컨셉의 가게가 거의 없다 보니 일본에 자주 방문해서 다양한 음식과 식재료를 먹어보면서 새로운 것들을 배우는데요. 갈 때마다 저희가 좋아하는 셰프님들이랑 이야기도 나누고, 한국 식재료도 챙겨가서 보여드리기도 하고, 저희도 일본에서 새로운 식재료나 조리법을 경험해보기도 하고요. 수십 년을 요리하셨지만 언제나 새로운 식재료 앞에서 눈을 반짝이시는 그분들을 보면서 저희도 더 열심히 해야겠다는 마음을 다잡고 돌아오곤 했어요.

가이세키의 규칙을 완벽하게 지켜도 계절을 받아들이는 정서, 계절에 따른 식재료가 다르기 때문에 일본이 아닌 국가의 손님들은 모든 요소를 완벽하게 이해하기 어려울 수밖에 없겠네요.

셰프님이 지향하는 신 일본요리는, 일본요리의 형식을 차용했지만 음식과 의도, 그사이에 담긴 한국의 계절감이 완벽하게 손님 안에 녹아들게 하는 거군요.

여기는 서울이고, 일본 사람이 아닌 한국 사람들이 먹는 요리니까요. 이 땅에서 나고 자란 식재료와, 사람들이 만들어온 문화를 음식에 녹여서 우리만의 '슌노카오리'를 완성하는 거죠.

그래서 한국 식재료를 더욱 적극적으로 이용하려고 해요. 여름 코스에서는 호박꽃 덴푸라를 선보이고 있는데요, 호박꽃에 일본식으로 만든 새우살 소를 채워서 튀긴 요리예요. 주로 이탈리안 레스토랑 쪽에서 많이 사용했던 재료지만, 요 몇 년 사이에 강원도 홍천에서 아주 좋은 호박꽃을 공급받을 수 있게 되어서 3년째 꾸준히 여름마다 선보이고 있죠. 일본에서는 호박꽃을 잘 사용하지 않아요. 사용하더라도 덴푸라 형식으로 요리하는 경우는 거의 없고요. 한국의 식재료를 일본요리의 기술로 풀어내는 것은 여전히 공부 중이에요.

SNS를 통해 셰프님이 일본에 가셨다는 포스팅을 접할 때마다 돌아오시면 또 어떤 새로운 요리를 맛볼 수 있을지 설레는 손님들이 꽤 많을 것 같아요. 저도 그렇고요. 하지만 여행할 수 없는 상황이 꽤 오래 지속되는 요즘 셰프님은 어떻게 배우고 발전하려고 노력하시는지 궁금해요.

이 땅에서 나고 자란 식재료와,
사람들이 만들어온 문화를 음식에 녹여서
우리만의 '슌노카오리', 계절의 향기를 완성하는 거죠.

일본에 가지 못하는 아쉬움이 한국의 다양한 요리와 식재료를 배울 기회가 됐어요. 한 번은 온지음이라는 한식 파인다이닝 레스토랑에 처음 다녀왔는데, 그곳의 한식에서 '슌노카오리'가 느껴지더라고요. 계절의 식재료와 한국의 문화가 조화를 잘 이루고 있었어요. 정말 깜짝 놀랐어요. 비단 일본에서 일본요리를 먹는 것만이 배움의 전부는 아니구나, 한국에서 계속 요리할 거니까 앞으로도 한식을 되돌아보는 것도 좋을 것 같았고요.

일식과 한식은 비슷한 재료를 사용하더라도 맛의 중점을 어디에 두는지가 굉장히 달라요. 전통적인 일본요리는 재료 각각의 맛을 최대한 끌어올리는 데 집중해요. 콩 하나를 삶더라도 정말 그 콩의 맛을 온전하게 전하는 것이 일본요리라고 생각하고요. 반면 한식에서는 서로 다른 재료와 양념의 조화를 통해서 더욱 맛있는 맛을 내려고 해요. 맛있는 콩에 양념하거나, 다른 식재료와 섞어서 새로운 맛을 내는 거죠. 이렇게 보면 한식과 일식이 아주 다른 요리인 것 같지만 사실 거슬러 올라가 계절감 측면에서 보면 나아가려는 방향이 비슷하다는 것을 이번에 알게 됐어요.

그래서 한국 식재료를 더 깊게 연구해봤어요. 일본에서 사용하던 식재료와 똑같은 것을 수입해 사용해야 한다고 생각했는데, 세세하게 둘러보고 파고들어서 찾아보면 한국에서도 맛과 향, 식감이 비슷한 품종을 찾아낼 수 있더라고요. 지난겨울에는 이평이라는 품종의 밤을 찾아냈어요. 일본에서는 '시부카와니'라는 밤

절임이 있는데요, 이평 밤은 속껍질이 얇고, 단맛이 강한 동시에 선명한 노란빛을 띠어서 디저트나 시부카와니를 만들기에 딱 알맞더라고요. 한국의 식재료를 사용하면 미토우의 요리에 우리나라만의 계절감을 조금 더 쉽게 더할 수 있다는 장점이 있어서 앞으로는 최대한 다른 식재료도 찾아볼 예정이에요.

하고 싶다는 마음이 강해지면 확신으로 이어지는 것 같아요

미토우가 셰프님의 첫 가게죠. 미토우의 오픈과 함께 오너 셰프가 되셨고요. 4년차 오너 셰프로서의 삶은 어떤가요?

사실 쉽지는 않아요. 절대로요. 다른 가게에서 월급받는 직원으로 일할 때는 정말 요리만 맛있게 잘 만들면 됐어요. 손님만 만족시키면 되고요. 하지만 오너 셰프가 된 지금은 신경써야 할 부분이 너무 많아요. 그 전에는 식재료는 물론이고 설비, 인테리어나 그릇 같은 현실적인 부분에서 고민할 것이 이렇게 많은 줄 몰랐어요.

요리뿐 아니라 고객관리 같은 부분까지 제가 다 신경써야 하고, 모든 일에 대한 책임도 제가 져야 한다는 부담감이 커요. 요즘은 특히 말에 대한 책임감을 그 어느 때보다도 진하게 느끼고 있어요.

말에 대한 책임감이란 셰프로서 하는 손님들과의 약속을 말하는 건가요?

그보다는 제 목소리가 가진 무게감이 달라졌달까요. 내가 요리를 소개하고, 음식을 건네면서 한 말에 대해 손님들은 어떻게 생각할까, 그런 부분이요. 요리가 한 달에 한 번씩 바뀔 때마다 설명하는 멘트도 매번 새로 써요. 미리 다 적어놓죠. 어떤 것을 보여주고 소개할지. 거울 앞에 서서 그 문구들을 몇 번이고 읽으면서 연습해요. 어떻게 말을 해야 더 좋게 들릴까. 말할 때의 악센트나 억양도 굉장히 많이 신경써요. 손님들에게 혹시라도 안 좋게 들릴 만한 문구나 단어는 없나, 수십 번 확인하면서 말을 가다듬어요.

미토우가 오픈하던 즈음 가이세키나 일식 코스 요리 전문점들이 사라지는 추세였다고 알고 있어요. 그런 와중에도 일식 코스 요리 스타일의 가게를 선보이신 건데, 새로운 것을 만든다는 것에 대한 두려움은 없으셨나요?

엄청 겁이 났죠. '내가 하고 싶은 것을 했을 때 사람들이 과연 좋아해줄까?' 고민하느라 잠을 제대로 못 자는 날들이 많았어요. 하지만 미토우는 저 혼자만의 가게가 아니에요. 늘 버팀목이 되어주시는 권영운 셰프님과 함께 운영하고 있어요.

혼자였다면 못했을지도 몰라요. 함께 각오해준 권 셰프님이라는 든든한 동료가 있어서 가능했던 거죠(웃음). 둘이기 때문에 할 수 있었고, 서로의 가능성을 믿었기 때문에 두려움을 넘어 한발짝 나아갈 수 있었어요. 사실 평범한 두 사람이 만나 새로운 가게를 여는 게 쉬운 일은 아니에요. 투자나 남의 도움은 하나도 받지 않고 시작하느라 정말 있는 것 없는 것 가릴 것 없이 다 끌어모았어요. 영혼까지 끌어온다고 하죠. 그러다 보니 점점 더 의지를 다지게 됐어요. '미토우가 잘되지 않으면 안 돼. 무조건 잘될 거야' 하고요.

그때 시작하지 않았다면 지금의 미토우는 없었을 거예요. 한국의 식문화는 정말 빠르게 발전해서 지금과 그때의 분위기가 완전히 다르거든요. 1년 반 전쯤에 했던 인터뷰에서 "한국에서는 아직도 일본요리가 저평가되고 있다"고 말했었는데요, 지금은 그때와는 또 굉장히 달라요. 분야도 점점 일본만큼 세분화되고 있고요. 이자카야, 가이세키, 갓포, 스시야 말고도 야키토리, 짚불구이 등 정말 많은 곳들이 생겼어요. 지금이 아니라 조금 먼저, 그때 가게를 오픈했기 때문에 더 주목받고, 더 많은 분들에게 사랑받을 수 있었어요.

첫 가게를 오픈하는 것은 직장인의 삶을 버리고 자신의 사업을 시작하는 것과 비슷하죠. 요즘 많은 사람들이 자신만의 콘텐츠를 이용한 브랜드를 만들고 싶어 하고요. 하지만 자신의 브랜드를 시작하는 것은 고민할 점이 굉장히 많을 텐데요. 월급이라는

안전지대를 벗어나서 성공이 보장되지 않는 미지의 세계로 나아가는 거니까요. 그러려면 엄청난 확신이 필요한데, 셰프님은 어떻게 첫 가게를 하겠다고 확신하게 되었나요?

공사를 다 해놓고 이름까지도 이미 정해놓은 오픈 일주일 전, 가게에 권 셰프님이랑 앉아서 했던 대화가 기억나요. 그 순간까지도 고민했거든요. "정말 코스 요리를 해도 될까?" 하고요. 하지만 저는 하고 싶은 것이 있었고, 나중에 지금의 선택을 후회하고 싶지 않았어요. 그래서 용기 내서 시작했고요. 불안함도 분명 있었죠. 하지만 지금이 어떤 상황이더라도, '그래도 나는 하고 싶다'는 마음으로 시작했고, 여기까지 왔어요. 하고 싶다는 마음이 강해지면 확신으로 이어지는 것 같아요. 그 확신이 있는 순간이 가장 좋은 타이밍이죠.

권 셰프님이 있어서 미토우를 시작할 수 있다고 하셨어요. 단순히 동료를 넘어서 서로에게 확신을 주는 굉장히 소중한 존재인 것 같은데, 미토우라는 곳에서 권 셰프님은 어떤 역할인가요?

매달 새 메뉴를 구상할 때 제가 전반적인 큰 틀을 짜요. 이런 식으로 재료를 이용하면 좋을 것 같고, 이런 주제와 흐름을 가지면 좋을 것 같고 하는 것들요. 그럼 권 셰프님이 어떤 요리를 만들지 메뉴를 짜요. 여기서부터는 같이 이야기를 하고 테이스팅을 하면서 메뉴를 조정하죠. 그사이에 저는 요리가 아닌 부분의 디테

일을 채워요. 그림을 고르고, 화병에 어떤 꽃을 꽂아둘지도 고민하고요. 미토우라는 공간은 두 사람 중 하나가 없으면 완성될 수 없죠.

솔직히 말하면 저는 그렇게 섬세한 성격이 아니에요(웃음). 성격이나 요리에 있어서 권 셰프님이 몇 배나 더 섬세하시죠. 저는 오히려 대담한 편이에요. 다만 손님들이 여성인 저를 통해서 미토우가 섬세하다는 이미지를 갖게 되는 것 같아요. 미토우의 요리에서 섬세한 부분을 보고 손님들은 "여성 셰프님이 이렇게 섬세하신가" 하시지만 사실 권 셰프님이 의도한 부분일 때가 많아요.

권 셰프님은 정말 좋은 파트너예요. 무엇을 하고 싶냐고 물어보거든요. 늘 제가 하고 싶은 것은 어떻게든 하게 해주려고 하고요. 물론 저희도 사람이라 싸우고, 언쟁도 해요. 초반에는 싸우다가 제가 뛰쳐나간 적도 여러 번 있고요(웃음). 하지만 어떤 일이 생기더라도 그것은 서로를 위한 마음에서 시작됐다는 사실을 기억하려고 해요. 서로 더 잘되었으면 하는 마음에서 한 말과 행동일 테니까, 인정할 부분은 빨리 인정하고, 사과할 부분은 빠르게 사과해요. 이제는 서로를 잘 이해하니까 잘 싸우지 않고요.

성별을 떠나 김 셰프님대로, 권 셰프님대로 각자의 장점을 살리는 역할을 맡아 해내고 계신 셈이네요.

얼마 전에 다른 일식 여성 셰프님들과 일식을 공부하는 여성 요

하고 싶다는 마음이 강해지면 확신으로 이어지는 것 같아요.
그 확신이 있는 순간이 가장 좋은 타이밍이죠.

리사들이 미토우에서 식사하신 적이 있어요. 식사 후에 물어보시더라고요. 여자 셰프로서 일식을 하기가 힘들지 않냐고요. 저는 여성으로서 요리한다는 일이 특별하다고 생각해본 적이 없어요. 특히 일식을 한다는 점에서요.

저는 성별에 따른 다름에 대해 생각하려고 하지 않아요. 다름에서 오는 차이는 분명히 존재하죠. 그런데 내가 그 차이에 대해 자꾸 생각하면 나 자신의 포지션을 '셰프'가 아니라 '여성'이라는 데 방점을 찍게 돼요. 그럼 그 자체가 나 자신의 핑곗거리와 한계가 될 수 있다고 생각해요. 저는 제가 해내지 못한 것을 '내가 여자라서 그런가 봐' 하고 합리화하고 싶지 않아요. 내가 해내지 못한 것은 실력이 부족하기 때문이에요. 노력하면 언젠가 분명히 할 수 있다고 생각해야 나의 발전에 방해되지 않아요.

결국 손님에게 대접하는 형태가 중요한 형식의 레스토랑인데, 셰프 한 사람의 정성과 시간이 많이 들어가잖아요, 셰프님은 오너 셰프로서 균형을 어떻게 맞추고 계시나요?

아직 제가 제일 못하는 부분이에요. 쉬는 날에도 나오고, 직원들이 퇴근하고 나서도 계속 일하거든요. 며칠 전에 정말 바빴는데요, 그날따라 술을 주문하시는 손님도 많았고, 분위기도 정말 좋았어요. 저희 둘과 직원 하나까지 세 명이 정말 열심히 일했는데, 너무 정신이 없는 거예요. 그날 매출은 정말 잘 나왔는데, 집에 가는 길에 많이 후회했어요. 우리가 정말 잘했는지 모르겠더라고요.

언젠가 카운터만 있는 작은 가게를 하고 싶다고 막연하게 생각했는데, 그날 집에 돌아가는 길에 마음을 잡았어요. 하루하루가 쌓여서 저희를 만드는 건데, 어떤 하루도 아쉬운 마음으로 집에 가고 싶지 않더라고요. 조금 더 작은 가게에서 손님 한 분 한 분에게 더욱 집중하고 싶어요.

그리고 앞으로 더 길게, 더 잘하려면 어떻게 해야 할까. 아무리 생각해도 정신력이 중요할 것 같은데, 그러려면 체력이 받쳐줘야 할 것 같아서 운동이 꼭 필요하다고 느꼈어요. 그래서 내일부터 열심히 하려고요(웃음).

코로나19로 인해 전 세계의 레스토랑들은 전에 없던 새로운 과제를 수행해야 하는 면도 있죠. 최근 한국에서는 많은 분이 배달이나 제품화를 시도하고 있어요. 미토우는 이 변화에 어떻게 대응하고 있나요?

배달이나 제품화에 관심은 있어요. 한동안 메뉴에 카레를 넣었거든요. 한우를 사용해서 3일간 정성껏 끓인 일본식 카레라서 가정에서 쉽게 만들 수 있는 요리가 아닐까, 상품성이 있지 않을까 생각했어요. 한 달간 카레를 계속 선보이면서 완벽한 레시피를 만들면 제품화하는 것도 가능하지 않을까 싶었고요. 당장 진행하려고 하는 것은 아니지만 언젠가는 할 수도 있으니까 미리 준비하는 거죠.

파인다이닝의 음식은 배달이나 포장에 취약하잖아요. 애초에 그렇게 설계된 음식이 아니니까요. 그래서 코로나19라는 이슈에 기민하게 대응하기 힘들 수밖에 없었던 것 같아요.

일본도 지금 코로나19가 심해지니까 셰프들이 온라인 영상, 제품화, 도시락 출시 같은 부분을 활성화하려고 노력하고 있더라고요. 저희도 이 변화와 트렌드를 자연스럽게 따라야겠죠? 저희만이 할 수 있는 방법은 무엇일까 계속 생각하고 있어요.

요리사는 힘든 직업이라는 인식이 많은데요, 지난 10년간 요리사로 일하고 살면서 힘들고 지칠 때도 많았을 것 같아요.

엄청 많았죠. 그런데 힘들다고 생각하면 끝이 없어요. 이건 이래서 힘들고, 저건 저래서 힘들고. 그렇게 생각하다 보면 요리사로서 배우고, 일하기 위해 생기는 당연한 일들까지 힘들어지기 마련이에요. 다음 날 사용할 재료를 손질하기 위해 늦게까지 일을 한다거나, 식사시간이 늦어지는 것 같은 것들이요. 사실 이런 일들은 요리사에게 당연한 거예요.

제가 2~3년차일 때를 돌이켜보면 힘들었던 일도 많아요. 어떻게 이겨냈나 싶기도 한데, 그때 제가 굳이 힘들다고 생각하지 않은 덕분인 것 같아요. 힘든 것까지도 당연하다고 생각했던 거죠. 내가 요리사로 살기로 결정했다면, 그 과정에서 필연적으로 일어날 수밖에 없는 일이라고요. 안 그래도 힘든 일인데, 하기 싫다거나 안 해도 될 것 같다고 꾀부리면 더 힘들어지거든요. 저는 더 좋은 요리사가 되기 위해 꼭 필요한 일이라고 생각해야 하는지 아닌지에 대한 판단 자체를 하지 않았어요. 긍정적인 마음가짐이라고 생각할 수도 있지만 단순하게 '그냥 하자'는 마음에 조금 더 가까웠던 것 같아요.

'내가 이런 걸 왜 해야 해?' 싶을 때도 분명 있어요. 그래도 지나고 나면 그 순간에서만 배울 수 있는 게 분명히 있어요. 상투적인 말일 수밖에 없지만 그런 시간들을 자신에 대한 투자라고 생각해야 해요. 커리어를 만들어가는 과정에서 조금은 힘든 일도 버티고, 자신의 시간을 더 투자해야 하는 순간이 있어요. 모든 직업이 그렇잖아요. 투자를 해야만 돌아오는 것들이 있어요. 그 시간을 아까워하지 마세요. 나를 다져나가는 시간이고, 내가 지향하는 가치를 단단하게 만들기 위해 시간을 투자한다고 생각하세요.

라라관 오너 셰프

김윤혜 셰프

맛집보다 틀림없는 쓰촨요리집이 좋다

골목 어귀에 붉은 등 장식으로 가득한 시끌벅적한 가게, 가끔은 홀연히 중국 어딘가로 수련을 떠났다가 다시 등장해선 익숙치 않은 쓰촨요리를 뚝딱 만드는 사장이 있는 곳. 바로 라라관입니다. 그 시작부터 지금까지 함께한 단골손님들은 하나의 장르를 덕질하듯 '라라관 마라 팬덤'을 형성해 깊은 애정을 표합니다. 중국 현지 음식 경험이 적은 손님은 난생 처음 먹어보는 쓰촨의 맛을 즐기러 마음속에 여권을 품고 여행하듯 라라관에 갑니다.

라라관의 사장이자 셰프인 김윤혜는 쓰촨요리는 맵고 짜기만 할 것 같다는 인식에 '현지 음식은 더 짜고 자극적이다!'라고 장난스럽게 말하면서도, 그 이면의 매력적인 향과 깊은 맛을 아낌없이 소개합니다. 그가 만드는, 변함없이 충실한 본토의 맛을 따라가다 보면 내 미각 지평도 넓어집니다. 매운맛, 짠맛에 가려진 다채로운 맛을 더 많은 사람에게 소개하기 위해 에너지를 쏟는 그의 이야기를 들어봤습니다.

Kim Yoon Hye

교환학생으로 간 북경에서 마라 요리의 매력을 발견하고, 쓰촨성 청두에서 쓰촨요리를 배우기 시작했다. 맛집이 아니라 쓰촨 현지 그대로의 맛을 낸다는 자신의 요리 철학을 위해 라라관을 열고 나서도 꾸준히 쓰촨, 충칭을 방문하며 정통 쓰촨요리, 신메뉴 등을 선보였다. 훠궈, 마파두부, 마라롱샤 등 밀키트와 유튜브 채널 '라라관 TV', 팝업 행사 등을 통해 여러 곳에서 다채로운 일을 벌이고 더 많은 사람을 만나기 위해 노력하고 있다.

중국에서 배우고 온 것을 복기하려고 가게를 열었어요

부산 서면에 있는 라라관의 LED 전광판에 '#맛집아님 #라라관입니다'라고 적혀 있는 게 인상적이었어요. 부산 맛집 채널에 올라온 라라관 게시글에도 '맛집이 아니라 쓰촨 현지 맛을 내는 집입니다'라고 직접 댓글을 남기셨고요. 보통 외식업계에서 맛집 타이틀은 매출 상승과 직결되는데, 맛집을 부인하는 셰프님의 의도는 무엇인가요.

'맛집'의 기본은 대중의 선택에 있다고 생각해요. 많은 사람이 맛있다고 생각하는 음식을 파는 집이 바로 맛집이죠. 맛있다고 동의하는 그 맛에 대한 공감대가 넓게 형성되어야 하고요. '거기 맛있다'라는 말에는 '너도 좋아할 맛이야'라는 전제가 있으니까요.

그런 면에서 한국에서 맛있다고 하는 음식들을 보면 어느 정도 단맛이 균형 있게 가미되어 있어요. 그런데 쓰촨의 마라훠궈는 설탕을 넣지 않아요. 단맛보다는 짠맛과 마라의 맛이 센 강렬한 음식이거든요. 사람들은 예상하지 못한 맛에 대해 거부 반응을 일으킨다는 말이 있잖아요. 제가 2015년에 라라관을 오픈했을 때 손님들의 반응이 딱 그랬어요. 혀가 마비되는 '생전 처음 맛보는 맛'이었으니까요. 대중이 선택하는 맛은 아닌 거죠.

그런 반응에도 라라관을 계속하는 건 제 입맛에 쓰촨요리가 너무 맛있기 때문이에요. 쓰촨 스탠더드를 따라 제대로 만들고 있다는 자부심이 커서 맛집 타이틀이 중요하지 않았어요. '현지 그대로의 맛은 틀림없습니다!'라고 강하게 내세울 수 있었거든요. '먹어본 적이 없어서 좋아하실지 모르겠지만(맛집은 아니지만), 용기내서 도전해보세요!'라고 외치고 싶었던 거죠.

지금은 마라요리가 전국적인 대유행을 거쳐 대중적인 음식 카테고리로 자리잡았지만, 6년 전만 해도 한국에서 찾아보기 어려운 음식이었다고 들었어요.

2015년에 중국에서 쓰촨요리를 배우고 돌아왔을 때 마라 혹은 쓰촨요리를 표방하는 곳은 서울에 몇 곳, 나머지 대부분은 동북(대개 조선족)이나 산동 출신의 중국인이 운영하는 마라탕, 양꼬치 가게가 전부였어요. 제가 있는 부산에는 중국인들이 모이는 상권도 없었어요. 마라 유행이 불기 전이었죠. 부산에도 화교들이 형성한 차이나타운은 있었지만 마라 카테고리보다는 중화요리 쪽에 가까웠어요. 당시 인터넷 검색창에 쓰촨요리를 치면 제가 블로그에 올린 것만 있었어요. 서울의 어느 중식당에서 레시피를 알려달라며 찾아오시기도 했죠.

쓰촨 현지 맛과 당시 서울에서 현지화된 마라탕 맛에는 어떤 차이가 있었나요?

서울 건대 앞이나 대림 같은 곳에서 시작된 마라탕 가게가 대중적이니 서울의 마라탕 가게라고 표현할게요. 쓰촨에서 먹었던 것과는 달리, 국물이 좀 묽으면서 많고, 즈마장의 고소한 맛이 강했어요. 맵기는 하지만 알싸한 마라 기름은 적어서 얼얼한 맛은 덜했고요. 한국 사람들이 쉽게 받아들일 수 있는 맛이었죠.

이런 맛이 지배적인데, 제가 쓰촨 현지 맛 그대로 만들면 잘될까 하는 두려움 반, 그래도 유일무이한 가게는 되겠다는 마음 반이었어요. 결국 현지 맛 그대로 선보인 이유는 중국, 특히 쓰촨 본토 사람들이 마라맛에 미쳐 있는 분명한 이유가 있다고 생각했거든요. 그 맛의 극치를 손님들께 소개하고 싶었어요.

맛은 그대로 가져오되 먹는 방식을 현지화할 필요는 있겠더라고요. 중국에서 마라탕이나 훠궈를 먹을 때 불편한 점들 있잖아요. 예를 들면 훠궈를 먹을 때 재료를 옆에 가득 쌓아두고 하나씩 넣어 먹는데 친구들이랑 대화할 때 정말 정신이 없어요. 반면 마라탕은 재료를 골라 주방에 주면 전부 끓여서 그릇에 담겨 나오니 오랜 시간 따뜻하게 먹을 수는 없고요.

그래서 재료는 한 냄비에 미리 다 담겨 있되 테이블에서 끓일 수 있도록 만들었어요. 붉은 양고기를 강조하면서요. 메뉴명도 '마라탕더그레이스' '비욘드마라탕' 같은 이름으로 내보다가 동네 사람들이 자주 와서 먹으면 좋겠다는 생각에 친숙한 '전골'이라는 단어를 붙여 마라훠궈전골을 만들었어요. 이 메뉴 덕에 라라관이 6년째 장사하고 있습니다(웃음).

강렬한 현지 마라맛을 처음 맛본 손님들의 반응은 어땠나요?

처음 라라관을 연 곳은 손님의 얼굴 근육이 보일 정도로 주방과 좌석이 가까웠는데요. 당시에 팔던 마파두부덮밥을 드신 손님들의 표정이 일그러지는 걸 눈앞에서 봐야 했어요. 처음 느껴보는 쨍한 마라맛에 한술 뜨고 바로 일어나는 커플도 있었어요. 손님이 남긴 마파두부로 산을 쌓을 수 있을 정도로 호불호가 강했죠.

지금은 인기 메뉴인 마라훠궈전골도 처음에는 '왜 이런 음식을 먹는지 모르겠다'는 블로그 글도 있었어요. 그런 분들께는 죄송한 마음이 있어요. 못 먹는 사람도 잘 먹도록 노력하기보다는, 현지 그대로의 맛을 즐기는 사람을 대상으로 요리했으니까요. 지금 생각해보면 단무지를 두든지 해서 이 맛과 친해지게 노력했어야 했는데, 창업 초기에는 제가 생각해도 굉장히 급진적이었어요.

한편으론 입에 안 맞으실까 봐 두려워서 방어기제도 있었고요. 두 번째 가게까지 제대로 된 간판을 만들지 않았거든요. 간판을 건다는 것은 우리 가게로 들어오라는 신호인데, 길 가던 사람들이 간판을 읽고 호기심에 들어와 실망하고 돌아가는 상황을 피하고 싶었어요. 간판도 없는 이 가게를 인터넷에서 적극적으로 검색해 찾아본 손님들, 이 가게 음식에 도전해보고 싶다는 손님들만 찾아오시길 바랐어요. 지금 생각하면 너무 웃긴 발상이에요.

예상하지 못한 맛을 마주했을 때 실망보다 놀라는 마음, '다시 도전해보고 싶다'고 생각할 수도 있을 것 같아요. 그런 과정을 거치며 마라맛에 중독되는 것 아닌가 싶습니다. 대표님 혼자 마라맛에 열광하는 것을 넘어 많은 사람들에게 선보이게 된 이유도 비슷한 맥락이었을 것 같아요.

어릴 때부터 먹는 것을 좋아하는 대식가였어요. 2011년에 북경에 교환학생으로 가서 눈에 보이는 음식이란 음식은 모조리 맛보다가 마라샹궈를 먹어보곤 인생이 완전히 바뀌었어요. 처음엔 그 얼얼하고 매운맛이 너무 맛있어서 충격적이었어요. 당시 1위안(180원)이면 전병을, 4위안이면 덮밥을 사 먹을 수 있었는데 돈 없는 유학생이 최소 80위안(15,000원)부터 시작하는 마라샹궈에 푹 빠졌죠. 마라샹궈는 마라탕 재료를 마라소스에 볶아서 마라탕보다 훨씬 자극적이에요. 입에 파스를 털어넣은 듯한 화함, 얼얼함 뒤에 오는 마비된 혀의 느낌, 쨍하게 매운 것이 밥이랑 너무 잘 어울렸어요. 이게 바로 마라맛이고, 본고장이 쓰촨성이라는 것을 알고는 깊은 호기심에 빠져버렸고요.

짧은 유학 동안 마라샹궈를 족히 50번은 먹었어요. 마라샹궈는 베이징에서 시작해 2009년 즈음부터 중국 전역에서 유행했는데, 마라샹궈의 인기가 가장 높을 때 제가 때마침 북경에 있었던 것이죠. 하필 그 시기에 유학을 갔던 건 운명이 아닐까….

대표님의 SNS 글을 읽으며 중국에 갈 때마다 요리를 배우시는 과정이 흥미로웠어요. 사람을 통해 연결되고, 배움을 이어가는 과정이요. 청두에서는 그런 기회를 어떻게 만들었는지 궁금해요.

요리를 배우러 청두에 도착하자마자 수제맥주 모임에 나갔어요. 그때가 노동절 기간이라 요리학교도 운영되지 않았거든요. 구글링을 해봤더니 청두에 그 모임이 있었고, 저도 수제맥주에 빠져 있을 때라 같은 취향을 가진 쓰촨 사람들을 만나고 싶었어요. 수제맥주 좋아하는 사람 치고 미식에 관심 없기 어렵기도 하고요.

'저는 한국에서 왔습니다. 쓰촨요리 배우러 왔습니다'라고 적고 제 사진을 넣은 빨간 명함을 모임에 나가 돌렸어요. 누군가가 '어! 셰프님! 이 한국 사람이 쓰촨요리 배운대'라며 어떤 분을 소개해줬어요. 진짜 셰프는 아니었고, 어떤 요리든 다 잘하는 분이었는데 미식가가 많고 남자들이 요리를 즐겨하는 중국에서는 친구들 중에 요리 잘하는 캐릭터가 항상 있더라고요. 그렇게 수제맥주 모임의 부부들과 친해지게 되었고 저를 집으로 초대해서 음식을 가르쳐주거나 본인이 연 가게의 셰프에게 다양한 레시피를 배울 수 있도록 도와줬어요. 돈 주고도 배울 수 없는 진짜 맛있는 업장 메뉴를 익힐 수 있는 시간이었죠.

요리학교에서도 남다른 학생이었을 것 같아요.

요리학교에 가자마자 가장 연세 많고 경력 오래되신 선생님과 공부하고 싶다고 강력하게 이야기했어요. 그렇게 만난 저의 첫 쓰촨 요리 스승님이 69세의 부 선생님이었어요. 중국에서 마파두부를 처음 만든 가게인 진마파두부의 2대 전수자이기도 했는데, 정말 많은 정통 쓰촨요리를 알려주셨어요. 제가 요리학교를 마치기 며칠 전에는 "내가 뭐 좋은 거 줄게" 하시며 아주 두꺼운 제본책을 주셨어요.

"이거는 중국 애들한테는 못 줘, 말이 도니까. 가끔 해외에서 배우러 온 학생들한테 주기는 하는데, 이거 이야기가 새어 나가면 너나 나나 곤란해지니까 비밀로 해줘. 계속 와서 배울 필요 없어. 돈 많이 들어. 이 책 안에 이 요리학교 레시피 다 들어 있어. 근데 공짜는 아니고. 복사비 25위안은 받긴 받아야 해" 하셔서 그길로 '찐친'이 됐죠.

그 후에도 제가 그 학교를 갈 때마다 선생님 수업을 들었는데, 이듬해에는 정년 퇴임을 하셨더라고요. 너무 놀라서 전화드렸는데 집에 초대해주셨어요. 아내분과 딸까지 소개받고, 이후에는 청두에 도착하면 바로 선생님 댁으로 가서 수업을 들었어요.

강한 호기심으로 다양한 기회를 만들고, 그 안에서 배움을 찾으시는 것 같아요.

사실 낯을 가리고 겁도 많거든요. 중국행 초반에 돈에 비해 꿈이 몇 배로 커서 배짱이 생겼나 봐요(웃음). 생각해보면 재밌는 경험

쓰촨 스탠더드를 따라 제대로 만들고 있다는 자부심이 커서
맛집 타이틀이 중요하지 않았어요.

은 혼자 갔을 때 많이 일어나는 것 같아요. 옆 사람과 나눈 대화 한마디, 용기 내 건넨 인사 한마디가 새로운 경험과 배움으로 이어졌어요. 운도 많이 따라줬기 때문에 훌륭한 선생님을 만날 수 있었던 것 같고요.

배우고자 하는 집념도 좋은 인연을 만나는 데에 한몫했던 것 같습니다. 그렇게 배운 요리를 한국에서 어떻게 풀어내고 계신지 궁금하네요.

그때는 배우는 데 미쳐 있을 때여서 요리 선생님 한 분의 레시피뿐 아니라 다른 선생님들의 레시피도 배웠어요. 똑같은 메뉴도 어떤 셰프는 튀기고 어떤 사람은 오븐에 굽거든요. 여러 방법을 모두 경험하고 싶었고, 그래야 직성이 풀렸어요. 그렇게 배워온 것들을 한국에서 구할 수 있는 식재료로 여러 번 테스트해요. 재료 중량이 어느 정도 됐을 때 최상의 맛이 나는지, 가족들 다 먹여보면서 평가받고 또 테스트하고… 이 과정을 반복해서 배운 것들을 녹여내죠.

라라관도 배우고 온 것을 복기하기 위해 연 가게예요. 어향가지나 가지고기튀김, 돼지귀무침, 마라잉어탕 같은 현지 메뉴 80여 가지 정도를 만들어 팔았어요. 저 스스로 학예회라고 생각하면서 요리했던 것 같아요. 중국에서 배워온 게 100가지가 넘으니까 메뉴를 일주일에 한 번 바꾸는 것만으로는 복기하는 속도가 느려서 더 자주 바뀠어요. 그 때문에 불편을 겪으신 손님도 계시고, 라라관의 팬이 되신 분도 계세요.

동시에 제가 배운 것들을 손님들에게 알려주는 작업도 꾸준히 해왔어요. 사실 쓰촨요리에 빠져들면서 한편으론 늘 외로웠어요. 이 요리가 얼마나 맛있고 매력 있는지 공감하고 이야기할 동료가 없었으니까요. 가게를 열어 쓰촨요리를 같이 즐길 친구를 찾고 싶은 마음도 있었죠. 실제로 근처에 자취하는 손님 불러서 같이 중국식 아침요리를 해먹고 단골손님들과 쓰촨요리 기행도 떠났어요. 이 요리가 뭔지, 어떻게 만드는지, 어떤 스토리가 있는지 알려줬는데 젊은 욕쟁이 할머니가 미각 교육하는 분위기였대요(웃음).

SNS에는 쓰촨 스탠더드라는 말을 자주 적었어요. 라라관에서 만드는 마라훠궈전골은 쓰촨의 맛있는 맛을 그대로 옮겨온 거고, 정말 열심히 연구해서 최상의 맛으로 세팅해둔 거니까 와서 먹어보고 마라맛의 기준을 잡고 가셨으면 하는 마음에서요.

가게를 내고도 요리 기행을 자주 떠나셨죠. 라라관을 11번이나 찾아갔는데 대표님의 요리를 맛보지 못한 손님도 있었다고요.

여건상 요리학교를 길게 다니지 못해서 항상 갈증이 있었어요. 그래서 돈만 벌면 문 닫고 청두에 갔죠. 가게에 '쓰촨 연수 다녀오겠습니다' '요리학교 다녀오겠습니다' 써 붙여놓고요. 스무 번은 족히 갔을 거예요. 가게 두 달 하고 쓰촨 한 달 갔다오고, 한 달 반 가게 하고 2주 갔다 오고 이런 식이었죠.

쓰촨이 너무 멀기 때문에 2박 3일로는 본전이 안 뽑혀요. 부산에서 쓰촨까지 직항이 없어 서울-인천을 경유해 12시간이나 걸리고, 비행기 표도 상하이처럼 싸지 않아요. 중국은 입국할 때 비자까지 있어야 해서 비용 부담이 컸어요. 혼자서 하루에 7개씩 현지 맛집을 격파하고, 1대 1 수업도 큰 비용을 들여 받았으니까요.

오픈 마인드로 오셔서 실험적인 메뉴를 주문하는 적극적인 손님, 항상 중국 다녀오면 쌍수 들고 환영하고 뭐든 응원하며 드셔주신 단골손님들 덕분에 공부할 수 있었어요. 감사한 일이에요. 많이 기다리신 분께는 죄송하지만 그만큼 맛있는 음식으로 보답하려고 열심히 배웠어요. 그래서 너무 당당했던 것 같습니다. 손님분들께 다시 한 번 죄송해요(하하).

중국요리 밀키트 백화점처럼 될 수도 있겠네요

청두에서 학교를 마치고 한국에 돌아와 첫 가게를 바로 오픈하셨어요. '스승에게 배우고 온 것을 복기하기 위해 연 가게'가 사실 거의 없잖아요. 보통 학교에서 배움을 마치면 레스토랑이나 관련 식당에서 경험을 쌓은 뒤에 창업하는데, 실무 경험을 가게를 열면서 쌓으셨어요. 시행착오도 많이 겪으셨을 것 같습니다. 초기

에는 메뉴도 자주 바꾸셨는데 운영상 어려움은 없었나요?

아마 메뉴의 99%는 국내 최초였을 거예요. 잘될 만한 메뉴만 팔아도 되고 원래 식당이 그런 전략을 가져야 하는데, 제가 가게를 열고자 한 취지가 '쓰촨요리 연구 및 복습'이었고 동시에 손님들의 쓰촨요리 미식 경험을 위해 다양한 시도를 해본 거죠.

재료 예측을 못 해서 남은 건 항상 집 반찬이었고, 메뉴에 맞게 그릇을 사야 해서 지출은 컸고, 창고를 추가로 계약해서 월 고정비도 늘었어요. 어찌어찌 파산 안 하고 가게를 확장한 데에는 마파두부덮밥이 고정 메뉴로 활약해주고, 일주일에 두 번이나 신메뉴를 주문하신 열혈 손님들 덕분이죠.

메뉴 개발과 판매는 저와의 싸움이라 저만 멘탈을 잘 유지하고 부지런하면 해결되는 일이었어요. 그런데 인력은 제 의지로 되는 일이 아니잖아요. 판매하는 요리가 짜장면이나 짬뽕 같은 대중적인 요리가 아니다 보니 사람 구하기도 쉽지 않았어요. 지금 생각해보면 극단적인 오픈 주방 구조에, 이상한 메뉴에, 어린 사장이 하는 자그마한 가게에 취직할 마음을 가지기 어려웠을 것 같아요.

장사 초반에는 최초가 주는 자극을 느끼면서 성장 동력으로 삼았는데, 점점 지쳤어요. 감사하게도 장사가 아주 잘되고 바빠도 인력 수급은 어렵다 보니, 시어머니를 몇 달 졸라 저희 가게 설거지 파트로 이직을 요청했어요. 끝까지 고사하시다가 제가 연말에 혼자 장사하다가 팔에 화상을 크게 입은 걸 보시고는 라라관으로 합류해주셨어요. 평생의 업을 그만두고 저를 믿고 합류한 어머니께 감사하면서도 책임감이 커지더라고요. 그때부터는 최초에 대한 자극을 내려놓고 장기적으로 운영 가능한 안정적인 외식 사업 구조를 생각하게 됐어요. 몇 달 후에는 디자이너 일을 하던 남편도 라라관에 합류하면서 저에게 큰 힘이 됐고요.

그러던 중에 아이가 생기니 업장에 없어도 잘 돌아가는 가게를 만들자고 결심하게 되더라고요. 그래서 2018년에는 임신과 동시에 인력 수급과 주중, 주말 관계없이 꾸준한 손님 확보를 위해 유동 인구가 많은 시내로 확장 이전했고, 정말 많은 직원과 호흡 맞춰 일하면서 점점 경영의 단계로 넘어갈 수 있었어요. 최근에는 다양한 사업 분야로의 확장을 위해 저는 공부하러 다니면서 업장은 정기적으로 관리하고 메뉴 개발을 주로 하고 있어요. 대부분 메뉴는 소스화, 레시피화하고요.

더 나은 시스템 구축과 경영을 위해 주방에서 한발짝 물러나신 거군요.

직접 음식을 하나하나 완성하고 느끼는 쾌감은 정말 최고예요. 그 쾌감 뒤에는 내가 아니면 안 될 거라는 두려움과 걱정이 밀려들기도 하죠. 그럴수록 옛날 일을 돌이켜보게 돼요. 사업 초기에는 완성된 음식 위 고수 고명조차 꼭 제가 올렸어요. 음식과 관련된 모든 것은 다 제가 해야 했죠. 그러다가 임신을 했는데, 무거운 몸으로 웍을 돌리다 다래끼가 났고, 확장 이전 가오픈 날 임신 16주에 맹장 수술도 받고, 일하면서 자궁수축이 오면서 온몸이 아팠어요. 임신중독까지 오면서 체중도 많이 늘고, 그 상태에서 서빙을 하니까 발이 너무 아파서 일을 못하겠더라고요. 어느 날 응급실에 실려갔는데 허리 뼈 몇 개가 죽어 있었어요. 그제야 음식에서 손을 놓을 수 있었어요. 건강하다고 자신하던 저였지만 출산이란 정말 넘기 힘든 허들이었어요.

그런데 산후조리를 마치고 돌아와보니 대부분의 직원들이 저보다 더 잘하고 있더라고요. 변덕스럽고 창조적인 것을 좋아하는 제가 메뉴를 자주 바꾸며 다양하게 시도하는 스타일이었다면, 직원들은 묵묵하게 자기 파트에서 업무를 고도화했어요. 가게는 더 이상 사장의 변덕 때문에 먹고 싶었던 메뉴를 못 먹는 곳도 아니었고, 덕분에 연중무휴의 꾸준한 전문점으로 성장했어요.

라라관은 제가 번 돈을 다 들여 여기저기서 배우고, 주변 요리사들께 사정사정해서 한마디라도 조언받으며 성장해온 가게예요. 혼자 백날을 고민해도 도저히 답이 나오지 않던 문제를 경력 있는 분들은 쉽게 해결하는 경우가 많았어요. 스킬이 모자라 쩔쩔매며 하는 일들을 능력자 직원들이 단숨에 해치우기도 하고요. 꿔바로우도 저보다 우리 셰프가 훨씬 잘 만들어요. 제가 중국을 잘 이해하고, 현지의 맛을 잘 내는 사람이라면 계량화, 고도화, 대

제가 중국을 잘 이해하고, 현지의 맛을 잘 내는 사람이라면
계량화, 고도화, 대량생산, 효율화는 경력 있는 분들의
도움을 받는 것이 좋다고 생각해요.

량생산, 효율화는 경력 있는 분들의 도움을 받는 것이 좋다고 생각했죠. 경력직 직원의 노하우를 라라관의 여러 파트에 접목해 더 나은 시스템을 갖춰가는 것이 목표예요.

'아직 집도 절도 건물도 없지만, 정말 좋은 크루와 손님들이 남아서 감사하는 마음뿐'이라는 셰프님의 글을 읽었어요. 외식업은 사람에서 시작해 사람으로 끝나는 일이니 직원들과 좋은 관계를 쌓는 것 또한 중요한 일인 것 같아요. 직원들과 관계를 쌓아갈 때 무엇을 중요하게 생각하시나요?

식음을 업으로 하기 때문에 보수적일 필요가 있다고 생각해요. 이금기의 사훈이 기억나는데요. '100-1=0', 음식 사업에서 하나가 빠지면 99가 아니라 0이라는 점에 동의해요. 일도 제대로 안 되는 상황에서 직원들과 친하고 팀워크가 좋은 것은 의미가 없다고 생각하죠. SNS에는 긍정적인 모습 위주로 올리지만, 긍정적 에너지를 전하기 위해 정말 빡빡하게 관리하고 있어요.

모든 직원에게 이전 업장에서 관례적으로 하던 행위 중 라라관에서는 안 되는 것들은 명확하게 말하고, 하지 말아달라고 요청해요. 그리고 근속 직원, 역할이 더 커지는 직원들의 급여는 단계적으로 높이고, 직원 수를 여유 있게 둬요. 겨울, 여름에는 남은 연차를 장기로 쓰도록 돕고 있어요. 직원들과 적당한 거리를 유지하며 급여일 철저히 지키고, 적절히 보상하면서 서로의 역할을 존중하는 게 중요한 것 같아요.

직원이 다양한 요리를 경험하면서 역량을 쌓을 수 있는 환경을 만드는 것도 필요하다고 생각해요. 라라관이 이젠 고정 메뉴를 팔기 때문에 여러 메뉴를 경험하기 어려운 점을 고려해서 오래 일한 직원에게는 온라인 중식 강의를 보여주거나 서울에서 중식 투어를 하기도 했어요. 자주는 아니라서 민망하지만요.

부산에도 코로나19가 여러 차례 퍼지며 외식업도 크나큰 타격을 입었죠. 라라관도 잠시 문을 닫아야 했을 정도로 심각한 상황이었고, 대표님의 일상도 코로나19로 인해 많은 영향을 받으셨다고요.

코로나19라는 브레이크가 걸릴 줄은 몰랐어요. 라라관은 코로나19 직전까지 정말 잘되고 있었고, 손님들은 더 다양한 쓰촨요리를 즐길 준비가 되어 있었어요. 당시 라라관 근처에 몇 달을 고민하고 구상한 가게인 마라롱샤집을 준비하고 있었는데, 코로나19로 앞날 예측이 어려운 상태에서 추가로 구인을 할 수가 없었어요. 간판까지 제작했는데 수령을 미루다가 결국 간판 사장님이 더이상 보관 못한다며 보내주셨는데 아직 제 창고에 있어요. 당시 라라관 손님이 5분의 1로 줄고, 부산 서면의 다른 가게에서도 확진자가 발생하면서 한 달간 문을 닫기도 했고요. 코로나19 발생 한 달 전에 오픈했던 홍콩식 밀크티 집도 잘되고 있었는데 코로나19의 영향으로 결국 폐업했어요. 중국 출장에서 얻는 새로운 자극을 업을 지속하는 동기로 삼았는데, 지금은 업의 동기가 '직원들 월급 꼬박꼬박 잘 챙기기'로 바뀌었어요. 시간이 약이랄까요? 요즘은 내적으로 성장하는 시간을 갖는다고 생각하고 있어요.

매장과 밀키트 사업을 동시에 더 탄탄하게 운영하려고 직원을 더 채용했어요. 저와 남편은 그동안 매장이 바빠 공부하지 못했던 것들을 검토하고 사업에 적용하려고 노력하고 있어요. 아이와 함께하는 시간도 늘면서, 지금 열심히 벌고 나중에 아이랑 하루 종일 놀자는 핑계로 미뤄뒀던 육아를 다시 생각하게 됐어요. 앞으로 사업을 구상할 때도 아이와 함께 있는 시간 확보가 우선이 될 것 같아요. 저를 성장시킬 줄만 알았지, 아이 교육에는 젬병이었다는 걸 깨닫고 새로 시작하는 마음으로 책도 읽어주고, 육아 공부도 하려고요.

2020년에는 라라관마트를 열고 온라인 판매를 시작하셨어요. 코로나19 때문에 라라관에 못 오는 손님들을 위해 '고향 엄니'의 마음으로 서비스를 준비하셨다고요. 현재 사업에 쏟고 계신 에너지 중 어느 정도를 온라인에 투자하고 계신가요?

전체 에너지 중 50% 정도 투자하고 있어요. 너무 바빠서 간판 메뉴 말고는 아무것도 못 하고, 다른 메뉴를 하는 순간 모두가 힘들어지는 골리앗 같던 라라관이 코로나19 위기를 겪으며 체질을 개선했어요. 처음에는 바깥으로 못 나오시는 단골손님들에게 식량 공급하듯 시작했던 밀키트가 지금은 방송에도 소개되고 입소문을 타서 매출에 큰 기여를 하고 있어요. 요즘은 매장에서 하려면 정말 큰맘 먹어야 했던 다양한 것들을 온라인으로 가뿐하게 해내고 있어요. 하지만 성장을 안 했으면 안 했지 코로나19로 인한 위기는 다시 겪고 싶지 않네요(웃음).

온라인 플랫폼을 통하지 않고 자사몰을 바로 오픈하셨어요. 매장 운영과 동시에 자사몰을 오픈하는 과정이 쉽지 않았을 것 같아요.

보수적인 사업 성향 때문에 자사몰을 열었어요. 장사를 시작한 지 5년, 마라훠궈전골을 판 지는 3년인데, 아직도 많은 분이 드시기 어려울 거라는 두려움이 있어요. 그래서 네이버스토어 입점은 생각도 안 하고 무조건 자사몰로, 아무도 후기를 못 보게 컨트롤하고 싶었어요. 그런데 나중에 보니 자사몰에 후기란이 있더라고요. 몇 달 치를 몰아 봤는데 호평으로 가득 차서 너무 기쁘고 힘이 났어요. 학교 다닐 때 학점이 3점이 안 넘어서 고생했는데 자사몰 평균 별점이 4.82점이더라고요. 응원 댓글에 힘입어 네이버스토어, 쿠팡에도 입점했어요. 처음 하는 일이라 실수로 중복 배송도 여러 번 했어요. 어느 날은 세종시에 택배가 잘못 간 적이 있어요. 어쩔 줄 모르다가 인스타그램에 글을 올렸는데 대신 구매하시겠다는 손님이 나타나셔서 위기를 면하기도 했어요. 라라관 손님들께서 정말 다양한 곳에 거주하신다는 것을 알게 됐고, 너무 힘들어 포기하고 싶던 밀키트지만 지금까지 지속하고 있어요.

라라관 마파두부 밀키트를 시켰는데 직접 주문 제작한 두부가 와서 놀랐어요. 쓰촨 마파두부의 식감을 구현하기 위해 직접 공장에서 제작했다고 들었습니다. 먹어보니 정말 탱글하고 푸딩 같았어요.

바로 그 푸딩 같은 식감이 쓰촨 청두의 진마파두부에서 맛볼 수 있는 맛이에요! 부드러운 푸딩 같지만 숟가락이 닿을 때 튕겨내는 듯 탄력이 있어요. 2015년에 라라관을 시작하면서부터 마파두부에 넣을 두부를 찾아다녔어요. 처음에는 부산의 장성시장과 부전시장에서 두부를 잘 만든다는 가게를 찾아 모두부를 사서 썼어요. 한국 손두부는 고소하고 러프한 질감이 있는데 돼지고기와 잘 어울리는 맛이지만 계절마다 맛이 달랐고, 콩비지를 곱게 갈아 넣어 만든 진마파두부의 두부는 조리하면 할수록 탕 속의 오뎅처럼 불고 콩 껍질 알갱이들이 입 안에서 느껴져요. 그 식감을 찾기 위해 정말 많이 돌아다녔고, 결국엔 원하던 질감의 두부 공장을 찾아 자체 제작을 하게 된 거죠.

부산에 자주 가지 못하는 입장에서 라라관의 밀키트 정말 소중합니다. 온라인으로 판매하는 메뉴를 확장할 계획이 있으신가요?

코로나19 상황에 따라 판매량이 들쑥날쑥했는데 요즘은 꾸준한 추이를 보여 안정적인 사업이 되었어요. 매장에서는 몇 개를 파는 것도 굉장히 많은 인력과 시간 조율이 필요한 큰일이었다면, 택배배송으로 몇 개는 일도 아니더라고요. 요리의 꿈을 오히려 온라인택배로 이루고 있어요. 앞으로 나올 메뉴가 50가지 정도 더 있는데, 밀키트로 구현하기 위해 하루종일 머릿속으로 포장 방법을 연구하고 있어요. 중국요리 밀키트 백화점처럼 될 수도 있겠네요.

대체될 수 없는 사람의 조건에 '근속'이 있는 건 아니에요

쓰촨오페라 팝업, 랜선마파두부 & 마라훠궈콘서트, 소규모 다회, 티칵테일위크 등 가게 운영뿐 아니라 재미있는 행사도 많이 기획하셨어요. 익숙하지 않은 쓰촨요리를 친숙하게 느낄 수 있더라고요.

저의 원동력 중 하나는 사람이에요. 저는 인류가 다 친구라고 생각하고 사람 만나는 걸 너무 좋아해요. 처음 본 사람들이랑 대화하는 것도 즐기고, 스스로가 무대 체질이라는 것을 잘 알고 있어요. 땀 흘리는 걸 누군가 봐줘야 결과물이 더 잘 나오고 힘이 나요. 요즘 말로 관종인 거죠. 그러다 보니 소모임도 많이 열었고 쓰촨요리에 대한 그리움을 계모임처럼 풀고 싶기도 했어요. 돈도 벌면서 손님들과 같이 놀 궁리를 계속해왔던 것 같아요.

하지만 아이를 낳고 나선 갈등해요. 손님밖에 모르던 제가, 아이가 너무 보고 싶어서 일하다 보면 등이 시리고 끙끙 앓더라고요. 일을 안 만들고, 신메뉴도 안 내고 집에 가고 싶은 마음뿐인 게 3년째예요. 요즘엔 '손아밸'을 찾아가고 있어요. 손님과 아이의 밸런스를요(웃음). 최대한 아이가 어린이집 간 시간을 활용해서 생산적인 일을 하고요.

팝업 행사를 할 때 손님이 몰리는 것으로 알고 있어요. 서울에서 팝업을 진행하셨을 때도 100명 정원이 1시간 만에 마감됐고, 대기자 명단도 있을 정도로 치열했다고요.

망원동에 있던 사촌형부 가게에서 팝업했을 때 페이스북에 글을 길게 썼어요. '저의 흑역사를 같이하실 분을 모신다. 잃을 거 없는 분들 오시라'는 뉘앙스로요. 호텔 출신 아니고 스트리트에서 배워왔다는 식으로 홍보했는데 정말 많이 찾아주셨어요. 그때는 자신을 우스꽝스럽게 낮추면서 장사하는 개그 캐릭터가 거의 없어서 손님들이 친근하고 재미있게 봐주셨던 것 같아요. 몇 차례

한 팝업이 다 잘되었어요.

마지막이 될 줄 몰랐지만, 가장 마지막으로 한 팝업이 생각나요. '설날에 고향에 잘 안 가는 서울의 1인 가구를 대상으로 롱샤 팝업을 해보자!' 하고 가족들 모두 모여 롱샤를 일일이 다 손질해서 가져갔는데 망하게 됩니다. 부산은 설날에 사람이 많아서 서울에도 당연히 많을 줄 알았던 거죠. 시장 분석의 중요성을 온몸으로 깨닫고, 그 충격으로 팝업 행사는 막을 내렸어요. 동시에 라라관이 더 바빠지면서 더이상 서울까지 가서 팝업을 할 수 없는 상황이었고요. 부산말로 '시근이 든다'는 말이 있는데 철이 든다는 뜻이거든요. 몇 차례 팝업하고 철들고 나니까 좀 더 내실을 다져야겠다 생각했죠.

팝업 행사가 수익에 도움이 되었나요?

전혀 도움이 안 됐죠(웃음). 특히 서울에서 할 때는 팝업 공간 사용료도 드리고, 부산에서 직원들과 함께 올라가니까 인건비도 들어서 항상 빠듯하게 준비했어요. 순회공연을 하는 기분이었는데, 손님들께 쓰촨요리 이야기를 들려주는 식으로 요리하고, 놀았죠. 매출로 보면 상당했지만 순이익은 남는 게 없었어요. 하지만 정말 즐거웠고, 운영 면에서 현실성을 검토하는 데 도움이 됐어요.

유튜브 '라라관 TV'를 통해서도 쓰촨요리를 소개하고 계신데,

유튜브까지 소통 채널을 확장한 이유는 무엇인가요?

제가 중국어를 전공하고 잘하는 편이지만, 가보지 않은 지역에 혈혈단신으로 가는 것은 언제나 긴장되고, 준비가 많이 필요해요. 에너지와 시간과 비용을 써서 쓰촨에 자주 가서 열심히 배워 오는데 그 모습을 아무도 모르니 괜히 서럽더라고요. 알리고 싶어서 유튜브를 시작했어요. 라라관 사장이 진짜 쓰촨에서 배우고 왔다는 것을 영상으로 증명하고 싶었어요. 그래서 2017년에 남편, 시어머니, 단골손님들을 데리고 한 달간 쓰촨성 등지를 다니며 영상을 찍었어요. 처음에는 정말 보여주고 싶은 마음뿐이었는데, 지나고 보니 그것보다 중요한 것은 제 젊은 날의 열정적인 모습을 기록한 덕분에 자주 보면서 초심으로 돌아갈 수 있다는 것이더라고요.

대표님의 SNS에서 과거에 '이거 하겠다'라고 언급한 일을 빠르게 배워서 실행하신 과정을 볼 수 있었어요. 인스타그램에서 밀크티 이야기를 하다가 차차탱 가게를 연 것처럼요. 보통은 좋은 사업 아이템을 떠올리면 카피캣이 등장하지 않도록 조심스럽게 진행하는 경우가 많은데, 대표님은 오히려 솔직하게 오픈하시죠. 앞으로의 행보를 지켜봐달라는 뜻일까요?

사실은 얼마 전까지도 아주 보수적으로, 갖고 있는 아이디어를 보물 다루듯 숨기는 편이었어요. 그런데 신기하게도 숨기고 함구

언젠가부터 저의 생각들을 가감 없이 바로바로 업로드했어요.
'앞으로 할 거니까 지켜봐! 채찍질해줘!'라는 선전포고의 의미도 있고요.

하다 보면, 정말 잊어버리고 안 하게 되더라고요. 저 자신에게까지 숨겨진 것이죠. 비상금을 잘 숨기다 보면 어디에 뒀는지 잊는 것처럼요.

사람 생각은 다 비슷하고 중국 다녀온 사람들끼리도 경험치가 비슷하니 아이템도 비슷하기 마련이라고 생각해요. 그런데 저는 다른 사람이 하는 걸 카피하는 걸 강박적으로 싫어하는 편이고, 제가 생각하던 걸 누가 먼저 업로드하면 꼭 제가 베끼는 것 같아서 불편했어요. 그래서 언제부턴가 저의 생각들을 가감 없이 바로바로 업로드했어요. 질문하신 것처럼 '앞으로 할 거니까 지켜봐! 채찍질해줘!'라는 선전포고의 의미도 있고요.

마지막으로, 경험하지 못해서 아쉬운 것이 있다면 무엇인지 여쭤보고 싶어요.

모든 일에는 운과 때가 있다고 생각해요. 미신적 관점에서 운이 아니라 세계, 한국, 내 주변 상황의 변화, 나의 위치와 결정, 생각 등이 티핑 포인트를 만드는 관점에서의 운이요. 제가 쓰촨요리를 배우러 간 것, 그동안 한국에 조선족 노동자, 식당 운영자, 중국인 유학생의 수가 늘어나면서 현지 요리에 대한 인식이 퍼지는 시기 등이 맞아떨어져 라라관이 작은 성공을 했다고 생각해요. 제가 어딘가에서 오랜 기간 요리 수련을 했다면 그 운을 놓쳤을 수도 있고, 수련하고 와서도 지금과 같은 좋은 결과를 냈을 수도 있을 거예요. 결론은 아무도 모른다는 것이죠.

이런 생각을 하는 저도 가장 아쉬운 것은 큰 업장에서의 경험이에요. 시스템과 효율을 몰라 지불한 비용이 상당히 큽니다. 만약 운의 신이 똑같이 잘될 거니 걱정 말고 시간 맘껏 써보라며 기회를 준다면, 저는 캐나다든 싱가포르든 세계적으로 유명한 업장, 저명한 셰프님 밑에서 혼나면서 배우고 다이닝도 경험해봤을 것 같아요.

또 한 가지 개인적으로는 임신하고 출산까지 1년을 잘 쉬지 못해 아쉬워요. 외식업에 종사하는 많은 여성들이 그렇듯 저도 만삭 때까지 일을 많이 해서 출산 후 2년 내내 몸이 아팠어요. 산후풍부터 족저근막염까지 통증에서 해방되는 날이 없었어요. 병원도 다녔지만 살 빼라는 말뿐이었고요. 그렇게 하루하루 살다가 갑자기 어느 날 덜 아프길래 보니 아이가 두 돌인 날이었죠. 신기했어요. 임신부터 출산까지 1년 꼬박 잘 쉬었으면 바로 복귀했을 걸, 그러지 않아서 3년 넘게 고생한 격이었으니까요. 건강할 때는 건강의 중요성을 몰랐어요. 너무 진부한 이야기지만 건강이 중요해요.

여성 사업가들이 아이를 가질 계획이 있다면, 일을 쉴 계획도 있어야 해요. 성공 조건 중에 '대체될 수 없는 사람이 되어야 한다'는 말이 있는데, 대체될 수 없는 사람의 조건에 꼭 '근속'이 있는 것은 아니라는 것을 스스로 깨닫고 있어요. 경험과 인사이트가 대체될 수 없는 사람으로 발전하기 위해 노력하고 있어요.

한식공간 오너 셰프
조희숙 셰프

작은 변화로 새로운 모양의 한식을 만드는 사람

지금 한국에서 가장 존경하는 셰프를 꼽으라면 저는 바로 조희숙 셰프를 이야기할 것입니다. 저뿐만 아니라 이제 막 요리를 시작하는 사람들부터, 세계적인 명성을 얻은 한국 파인다이닝 셰프들 상당수도 그럴 겁니다.

조희숙 셰프는 평생 남들과는 다른 시각으로 한식을 보고, 이해하고, 발전시켜 왔습니다. 단순히 우리 음식이라 좋은 것이 아니라, 어떤 부분이 왜 좋은지 명확하게 말할 수 있어야 한다는 굳건한 마음을 가지고 말이죠. 그리고 평생에 걸친 고민의 결과물을 지금 한식공간에서 펼쳐 보이고 있습니다.

Cho Hee Sook

세종호텔 한식당 은하수에서 요리 일을 시작한 후 노보텔앰배서더, 그랜드인터컨티넨탈호텔, 신라호텔의 한식당을 거친 뒤 2005년 미국 워싱턴 주재 한국대사관저의 총주방장을 맡았다. 이후 아름지기재단의 식문화연구 전문위원으로 활동했으며, 현재 한식공간 오너 셰프로서 더 많은 사람들에게 한식을 선보이고 있다. 한식계의 대모로 불리며 현대 한식의 역사를 일궈왔으며, 아시아 50 베스트 레스토랑 어워드에서 '2020 아시아 최고의 여성 셰프'로 선정되었다.

당연히 여기지 않고
문제의식을 갖는 데서 시작해요

요즘 K-pop이 급부상하면서 한식도 주요 K-문화 중 하나로 해외의 관심이 높습니다. 이 덕분에 한식공간에도 외국인 손님이 많이 늘었는지 궁금해요.

단순히 외국인 손님이 늘었다기보다는 손님층이 달라졌다고 느껴요. 예전에는 순수한 관광객이 많았다면, 지금은 외식업계 전문가들이 많이 방문하는 것 같아요. 한식공간을 비롯한 여러 한국 레스토랑이 미쉐린 가이드나, 전 세계적으로 레스토랑 순위를 매기는 프로그램에 이름을 올리니까요. 한식공간도 미쉐린에서 별 하나를 받아 유지하고 있다 보니 미쉐린 평가 패널이라거나 블로거, 저널리스트, 셰프 등 업계 사람들의 방문 비율이 늘었어요.

한 나라의 국력이 신장되면 자연히 그 나라의 문화도 관심을 받잖아요. 국력과 문화의 힘은 비례하고. 그런데 한국 같은 경우에는 K-pop이 조금 더 가속을 붙여준 것 같아요. 방탄소년단이 결정타를 친 거고. 최근에야 한식이 세계적으로 인정받았다, 소위 '뜬다'고 생각할 수 있지만 사실 한식에도 크고 작은 노력과 흐름이 있었어요. 나라에서 많은 예산을 들여 식문화진흥정책을 펴기도 했고, 미쉐린 등 다양한 리스트를 통해 한국 셰프들이 알려졌고. 그런 여러 가지 요인들이 합쳐져서 어쨌든 그 10년이라는 시간 동안 한국음식의 위상이 달라진 것은 확실해요. 저도 느낄 정도니까.

그러다 보니 이제는 우리가 한식을 알리려고 발로 뛰지 않아도 그들이 자연스럽게 한식을 찾아오게 된 거예요. 한국 음식이 무엇인지 관심을 갖고 궁금해하는 손님들을 많이 만나게 된 것이 가장 큰 변화인 것 같아요. 이제 사람들이 우리 것을 제대로 보기 시작했구나, 동시에 우리도 더 관심을 가지고 잘해야 한다는 생각을 아무래도 하게 되죠.

'한식의 세계화'라든지 '가장 한국적인 것이 가장 세계적인 것이다'라는 말이 나온 게 20년은 더 된 것 같은데, 가끔은 아직도 우리가 세계에 선보이는 '한국적인 것' '한식의 맛'이라는 게 무엇인지 의아할 때가 있습니다. 어떤 장르의 음식이든 기준점이 되는 맛이 분명히 존재하잖아요. 한식에도 그 기준점이 있을 것 같아요. 셰프님은 '한국적인 맛'의 기준점이 어디에 있다고 생각하시나요?

맛의 기준점을 규정하는 문제는 단순하지 않다고 봅니다. 맛의 기준점이 어디에 있는지가 아니라 어떤 시대의 한식을 기준으로 하는지를 봐야 조금 더 정확하죠.

지금 우리는 궁중음식이나 조선시대의 반가 음식을 표준으로 삼고, 그 기준에 모든 것을 맞추며 한식이 어떤 것이라고 이야기하고 있어요. 하지만 그 시기에 일반 서민이나 대중이 먹던 음식은 달랐을 거란 말이죠. 문화는 많은 사람이 누리고, 경험하고, 먹었던 것들이 정착되는 것이라고 하잖아요. 그러니 그 다양성을 인정하는 것이 중요해요. 파인다이닝에서 먹는 음식도 한식이고, 광장시장에서 먹는 음식도 한식이에요. 우리가 지금 먹고 있는 음식들도 언젠가는 다 한식이 될 거예요. 그러니 어떤 것이 한식이냐, 어떤 맛이 진짜 한식이냐는 논의는 지금보다 다양한 각도와 관점에서 봐야 하는 거예요. 사람은 성장하는 과정에서 끊임없이 변화하는데, 어느 시기에 촬영된 사진이 그 사람의 평생을 대표한다고 할 수는 없잖아요. 한식도 마찬가지예요. 문화라는 것이 참 견고한 것처럼 보이지만 사실 시대에 따라 많이 변하고, 회귀하고, 다시 살아 움직이잖아요. 한식도 하나의 문화로서 계속해서 변화해오고 있어요. 그렇기 때문에 요즘은 어디까지가 한식이냐는 논의가 활발하게 진행 중이고요. 최근에는 짜장면도 한식이라고 주장하고 있기도 하잖아요. 그래서 명확하게 어떤 시대의 한식이 기준이라고 말하기는 어렵다고 생각해요.

문화라는 것에는 다양성이 존재하잖아요. 음식이나 입맛도 그 세대나 생활권에 따라 달라지기 마련이고요. 그런데 어떤 한 곳을 기준으로 두고 '이것이 맞다'고 규정하는 것은 가능하지도 않고, 설사 가능하더라도 쉽지도 않을 거예요.

제가 조금 달랐던 점이라면, 새로운 모양의 한식을 만들려고 했다는 거예요. 특별한 고민 없이 당연히 채썰어온 채소를 네모나게 썰어본다거나. 그런 작은 변화에서 시작했어요.

'모던 한식 셰프'라고 불리시기도 하지만 '맛에는 모던함이 없다'고 말씀하셨어요. 맛은 유지하되 평소와는 다른 식기에 다른 모양으로 담거나 코스로 음식을 내는, 즉 한식을 다르게 보이도록 만드는 것은 어떤 계기로 시작되었는지 궁금합니다.

한식을 코스로 풀어내려는 시도는 저 이전에도 늘 있었어요. 제가 호텔에서 처음 일을 시작했을 때는 지금과 같은 단독 레스토랑이나 파인다이닝 레스토랑은 거의 없을 때였어요. 외국 사람들을 접견하는 사람들이 식사하기 위해서는 호텔을 많이 이용했어요. 그런 외국 손님들을 위해 음식이 코스로 구성돼 있었죠. 한정식이라고 하는 한식 세트 메뉴가 코스로 나가고 있었어요. 생각보다도 오래됐네요. 제가 처음 주방에 들어갔던 1983년에도 이미 코스로 구성돼 있었으니, 사실 시작은 그보다 더 오래전이었을 거예요. 그리고 한식의 형태나 스타일은 바뀌어도 맛만은 바뀌면 안 된다는 말도 저뿐 아니라 한식의 정체성에 대해 고민하고 연구해오신 분들이 이구동성으로 해왔고, 중요하게 생각해온 부분이에요.

다만 제가 조금 달랐던 점이라면, 새로운 모양의 한식을 만들려고 했다는 거예요. 당연히 채썰어온 채소를 네모나게 썰어본다거나, 그런 작은 변화에서 시작했어요. 써는 방법을 조금씩 바꿔보던 시기에는 지금처럼 요리에 맞는 그릇을 고민하는 때가 올 거라곤 상상조차 못했어요. 그때는 그냥 있는 그릇 쓰는 거지. 음식에 맞는 그릇을 써야 한다는 개념조차 없었으니까(웃음).

셰프님의 음식을 두고 '이게 한식인가 싶은데 먹어보니 한식이더라'라는 말을 많이 하는데, 모든 것을 바꿔도 결코 흔들리지 않는 핵심 요소가 있기 때문에 가능한 일이라고 생각합니다. 흔들리지 않아야 할 핵심은 어떻게 파악하나요?

저는 한식 맛의 뿌리가 기본적인 양념과 조리법에 있다고 생각해요. 우리가 너무 당연하게 기억하고 있는 바로 그 맛이요.

예를 들어 한식에 허브를 사용한다고 생각해볼까요? 그 허브에 반죽을 입혀서 전을 부치면 그건 한식일까요, 아닐까요? 아스파라거스 같은 서양 채소에 된장으로 양념해서 조림을 한다면 그건 한식일까요, 아닐까요? 둘 다 한식이라고 말할 수 있을 거예요. 그런데 김치를 넣어서 빠에야를 했다면 그건 한식이 아니죠. '빠에야'라는 스페인 조리법과 스페인 양념에 김치라는 식재료를 넣었을 뿐이니까요.

아무리 재료가 외국의 것이어도 한국적인 조리법과 양념이 더해지면 충분히 한식이라고 부를 수 있다고 생각하시는 거군요. 그런데 빠에야는 전 세계 사람들이 당연히 스페인 음식이라는 사실을 알고 있잖아요. 전이나 된장 같은 양념이 한국의 것이라는 사실이 아직 세계적으로 당연하게 받아들여지는 것 같지는

않아요. 이런 상황에서도 앞서 말해주신 허브로 부친 전이나 된장 양념을 해서 조린 아스파라거스가 외국인들에게 한식이라고 받아들여질 수 있을까요?

빠에야가 스페인음식이고, 피자가 이탈리아음식이고, 스시는 일본음식이라는 사실은 아무도 부정할 수 없죠. 미국에서 롤스시에 마요네즈를 아무리 뿌려도 사람들은 일본음식이라고 생각해요. 문화적인 베이스가 깔려 있기 때문에 거기에 뭘 더해도 음식의 정체성이 흔들리지 않는 거예요.

우리 음식도 마찬가지예요. 한식도 내놨을 때 지금은 '이게 뭐지?'라는 사람이 더 많을 거예요. 어느 나라 음식이라고 정확히 아는 이들이 적고요. 결국은 문화를 알려야 하는 일이고, 저는 제가 만드는 맛과 제 스타일의 음식으로 한식을 알리는 거예요.

우리 것이 좋은 것이라는 마음으로 한식의 어떤 부분을 고집하는 게 아니에요. 우리만의 조리법과 맛이 있다는 사실을 알리자는 거죠. 새로운 한식의 맛과 스타일을 주장하는 게 저와 제 레스토랑이 잘되자고 하는 일이 아니에요. 전통적인 한식을 베이스로 하고, 조희숙이 고민한 맛과 조리법을 덧씌워, 우리 문화가 가진 색을 더욱 선명하고 명확하게 하는 것이 지금 제가 하는 일이라고 생각해요. 그러니까 제가 우선은 많이 알리고, 먹어보고 싶게 하고, 먹여서 이 맛에 세계인들이 익숙해지게 해볼게요(웃음).

조희숙 셰프님 스타일의 맛과 조리법을 덧씌운, 기억에 남는 메뉴가 있나요?

전에 선보였던 요리 중에 반응이 굉장히 좋았던 콩나물국밥이 있어요. 콩나물국밥이라고 하면 다들 밥에, 콩나물, 국물, 오징어 조금, 그리고 수란 이런 것이 들어 있을 거라고 생각하잖아요. 그런데 저는 약간 달리 만들었죠. 밥과 콩나물, 오징어 등을 넣은 달걀찜을 만들었어요. 달걀찜 육수로는 콩나물 육수를 사용했고요.

모양새만 보면 그냥 평범한 달걀찜이었을 텐데, 입안에서는 콩나물국밥 맛이 느껴졌겠는데요?

그게 제 스타일이고 저만의 창의성인 거예요. 우리가 아는 그 재료와 조리법의 범위 내에서 조합을 달리함으로써 새로운 것을 만들어내는. 사실 저는 많은 것을 바뀐다고 표현하기 보다 새로운 조합을 찾아내기 위해 부단히 고민하는 편이죠. 그렇기 때문에 흔들림 없이 한식의 맛을 그려낼 수 있는 거고요.

그렇다면 셰프님만의 창의성은 어디에서 오나요? 콩나물국밥을 달걀찜으로 만들어야겠다는 생각을 어떻게 하시게 된 건지 궁금해요.

제 창의성은 모든 것을 당연히 여기지 않고 문제의식을 가지는 데서 시작해요. 외국 사람들에게 펄펄 끓는 뜨거운 국물을 먹는 음식은 익숙하지도 않고, 사실 시도하기도 어려워요. 그러니까 어떻게 하면 이 음식을 맛있게 먹을 수 있게 할 것인가를 고민해보는 거예요. 국밥을 찜요리로 하겠다는 것은 사실 아주 단순한 조리법의 변화인데 결과물의 차이는 꽤 커요.

어떤 현상이 있을 때 어떻게 하면 문제를 해결하고 개선할 수 있을까, 거기에 대한 해법을 찾는 과정에서 새로운 것이 나오는 거예요. 문제점을 인식하는 그 자체가 바로 출발점인데, 우리 대부분은 우리 문화라는 이유로 문제점을 인식하려고 하지도 않고, 문제점이라고 느끼지도 못하는 경우가 대부분이죠.

새로운 시도를 할 때 지키려고 하는 셰프님만의 선이 있으신가요? 사람들이 새로운 것을 접했을 때 신기해하고 좋아하기도 하지만, 동시에 너무 새로워서 거부하는 경우도 있잖아요. 셰프님께서도 새로운 시도를 하시면서 고민하는 것들, 고민되지만 그럼에도 시도하는 것, 반대로 포기하는 기준이 있는지 궁금합니다.

우리가 생각하는 새로운 관점이 외국 사람들이 받아들일 때에도 과연 새로울지 생각해본 적이 있어요. 우리는 한식을 새롭게 담아내려고 양식의 입체적인 담음새를 차용해요. 전에 호텔에서 일할 때 플레이팅에 변화를 좀 주라고 하면 보통 음식을 쌓아올리는 거였어요. 원래 우리 음식 플레이팅은 평면적인 편이니까.

일단 쌓아보라고 해서 쌓아보니까 우리 눈에는 굉장히 새롭죠. 그런데 정작 그들, 외국인들에게는 새롭지 않을 것 아니에요. 자기들 음식에서 늘 보던 그 스타일이니까. 저는 그래서 오히려 그들이 동양적인 미를 이국적으로 느끼고 좋아할 거라고 생각했어요. 평면적인 구도의 플레이팅이 우리만의 특징적인 멋이 될 수 있거든요.

관점의 차이를 객관적으로 보려는 시도가 필요한 거예요. 객관적으로 볼 수 있어야 어떤 것을 살리고, 어떤 것을 과감하게 버릴지 알 수 있어요. 그렇기 때문에 우리 것을 더 깊게 공부하고, 우리 음식과 문화의 어떤 부분이 아름다운지 계속해서 공부해서 몸에 익혀야 해요. 단순히 '우리 것이 좋은 것이야'가 아니라, 어떤 부분이 우리가 나타내고자 하는 아름다움인지 분별해내서 세련된 방법으로 살려내는 거죠.

물론 그 선이 굉장히 애매하죠. 저 또한 이 부분을 늘 고민해요. 스스로도 어디까지 살리고, 어디부터는 버릴 것인지에 대한 답을 가지고 있는 게 아니니까. 한국적인 아름다움은 무엇인지 계속 접하고 습득하기 위해 전시도 많이 보러 가고, 음식도 다양하게 먹어보려고 해요. 그 고민을 멈추지 않고 계속 이어가는 과정에서 제 요리의 어떤 부분은 개선되고, 성장하고, 또 저라는 개인도 발전하고 있어요.

단순히 요리나 레시피가 아니라 인생을 가르친다고 생각해요

2019년에는 2017년부터 컨설팅으로 참여했던 한식공간을 인수하시기로 하면서 많은 사람이 셰프님의 새로운 길을 기대했었어요. 재야의 고수가 처음으로 세상에 나온 날 같았거든요. 저는 설레기까지 하더라고요. 셰프님에게는 분명 다른 느낌이셨으리라 생각합니다. 요리 경력이 길지만 오너 셰프가 된다는 것은 엄청난 도전이었을 것 같아요. 그리고 한식공간 이전, 한식공방을 통해 35년간의 경험을 사람들과 나누고 싶다고 이야기하셨죠. 조직이 아닌 곳에서 처음으로 홀로서기를 하신 셈인데, 어떻게 이런 결정을 내리게 되셨는지 궁금해요.

오랜 세월 여러 호텔과 단체에서 늘 조직의 목표를 달성하기 위한 '상품'을 만드는 일을 했잖아요. 그러다 문득 제 요리에 제가 없다는 것을 느낀 순간이 있었어요. 이제는 회사나 조직에서 필요한 요리보다 오직 '내가 원하는, 나를 만족시키는 요리'를 해보고 싶었어요. 물론 그간 제가 해온 요리에 인생의 모든 과정과 경험이 다 녹아 있기는 하겠지만, 그래도 제 요리를 제대로 해보고 싶다는 생각이 정확하게 들었어요.

동시에 제가 37년간 요리하면서 쌓아온 경험을 젊은 세대에게 전수하면서 젊은 장인을 키우고 싶어서 젊은 스태프들과 함께 한 셰프의 요리 지식을 전달하는 방법은 다양해요.
하지만 현장에서 놓치지 말아야 할 포인트는
일하면서 순간순간 전달하는 수밖에 없어요.
그런 경험은 오직 주방에만 있어요.

식을 연구하기 시작했어요.

셰프의 요리 지식을 전달하는 방법은 다양해요. 레시피를 모을 수도 있고, 책을 쓸 수도 있죠. 하지만 현장에서 놓치지 말아야 할 포인트는 일하면서 순간순간 전달하는 수밖에 없어요. 그런 경험은 오직 주방에만 있어요. 그래서 현장에서 젊은 세대의 요리사들과 함께 일해보기로 한 거죠.

한식공방이 일반인이나 셰프들이 요리를 배우는 공간, 일종의 쿠킹클래스 같은 곳이라고 알고 있었는데, 셰프님의 스타일을 확립하고 제자를 길러내는 연구소에 더 가까웠던 거군요?

그렇죠. 인원이 모이면 맞춤형으로 클래스를 꾸려주기도 했고요. 그래서 일반인들만 모인 팀도 있었고, 셰프들만 모인 팀도 있었던 거죠. 말이 쿠킹클래스지 수강생들을 가르친다기보다는 내가 연구했던 것을 함께 고민하고 제 스타일의 음식에 대한 반응을 보는 데 중점을 뒀어요.

이제 나의 음식을 통해 사람들이 한식을 다시 한 번 만나면 좋겠어요. 그냥 우리 음식이라 좋은 게 아니라, 우리 음식이란 사실 이런 것이고, 이만큼 발전해왔다고 말해주는 거죠. 그러기 위해서 한식의 정의를 다듬고, 표준화하는 등의 기반을 세우는 작업을 먼저 하려고 해요.

그 과정에서 '셰프들의 스승'이라 불리시기 시작한 거죠? 다른 셰프들이 그렇게 불러줘 고마울 따름이라고, 한사코 그들의 스승이라는 것을 부인하는 말씀을 많이 하시더라고요.

솔직히 조금 부담스러워요. 실제로 나를 스승이라고 생각하는 사람이 몇이나 되겠어요. 사실 몇 명 안 돼요. 한 손에 다 꼽혀요. 스승이라는 단어가 주는 무게가 얼마나 큰데… 스승이라는 이미지는 미디어가 제게 만들어준 거예요. 저는 오히려 힘을 좀 빼고 싶어요.

처음에 저를 찾아온 사람은 밍글스의 강민구 셰프였어요. 제 쿠킹클래스를 듣고 있던 분 중에 한 분이 강 셰프한테 저를 추천했던 모양이에요. 그때 강 셰프가 마침 선배 세대가 요리해왔던 한식에 대해 궁금해하고 있었대요. 강 셰프가 다른 셰프들한테 추천을 하면서 모이게 됐고, 결국 셰프들로만 이뤄진 쿠킹클래스를 꾸리게 됐어요. 그러다 보니 그냥 갑자기 셰프들의 스승이라는 이름이 붙은 거예요. 제가 평소에 생각해오던 것이 누군가를 가르치는 일을 하게 된다면, 현장에서 오래도록 일하면서 얻게 된 경험을 후배 조리인들과 나누고 싶었거든요.

저는 지금도 매일 배우는 사람일 뿐이에요. 다들 저를 스승이라 부른다고 하지만, 막상 다른 오너 셰프들을 만나면 제가 모르는 게 제일 많아요. 오히려 그들이 제 스승이에요. 저를 너무 띄우거나 스승이라고 부르지 말고 그냥 오랜 시간 동안 셰프라는 길을 꾸준히 걸어온 사람으로 봐줬으면 좋겠어요.

한식공방을 통해 젊은 스태프들에게 가르쳤던 가장 중요한 요소는 어떤 것이었나요?

요리를 대하는 자세나 재료를 다루는 방법과 마음, 요리에 닿는 손길 하나하나에 대한 소중한 가치를 쌓아가는 법을 가르쳤어요. 그것이 마음 깊숙이 깔려 있어야만 어디에 가서 다른 무엇을 하더라도 환영받을 수 있으니까요.

하지만 솔직히 말해보자면, 한식공방은 절반의 성공과 절반의 실패로 마무리된 경험이에요. 제 스타일을 확립했다는 점에서는 성공이지만, 앞서 말한 젊은 장인을 길러내는 데에는 실패했어요. 저는 요리를 배우기 위해서는 시간을 들여 같은 것을 반복해서 습득하는 일이 굉장히 중요하다고 생각했어요. 전형적인 옛날 사람의 마인드죠. 사계절을 두세 번은 반복하면서 재료를 경험하고 요리를 해봐야 좀 안다고 말할 수 있을 것이라 생각했고, 묵묵히 같이 작업하면서 어느 궤도에 도달하는 그런 것을 기대했어요. 일종의 도제식 접근을 시도했던 건데 요즘 젊은 사람들에게는 사계절을 한 번 도는, 1년도 너무 긴 시간인 것 같아요. 저와 그들이 생각했던 시간의 양이 절대적으로 달랐기 때문에… 쉽지 않았던 거죠.

완전한 성공이 아니었다고 하시지만, 사실 여전히 셰프님을 스승이라고 부르는 분들이 많아요. 우리는 살면서 수많은 선생님을 겪지만 스승이라고 부를 만한 사람을 만나기는 어렵잖아요. 나중에 누군가의 스승이 되고 싶다고 생각하는 사람들도 많을 텐데, 어떻게 하면 그냥 선생님이 아니라 스승이 될 수 있다고 생각하세요?

저는 단순히 요리나 레시피를 가르치는 것이 아니라 인생을 가르친다고 생각했어요. 그들의 앞날을 걱정하는 입장에서, 모든 것을 이야기해주려고 하고, 하나라도 더 가르쳐주려고 하고, 또 걱정하기도 하고요.

저는 선생님이고, 교수이고를 떠나서 요리하는 사람이고, 후배가 될 사람들에게 살아가는 데 필요한 것들을 이야기해주려고 해요. 제가 현장에서 겪었던 것들을 피부에 와닿게 이야기해주고. 제게 어려웠던 일들은 그들에게도 어려울 것 아니에요? 그런 상황을 마주했을 때 어떻게 해야 할지 먼저 겪었던 사람으로서 말을 해주려고 하니까.

거기서 진정성을 느낀 걸까요? 그래서 저를 스승이라고 부르는 사람들이 종종 있을지도요.

한식공방을 오픈하시면서 조직에서 벗어나 자유롭게 일하고 싶었다고 하셨어요. 한식공간의 오너 셰프로서 레스토랑을 운영

하면서도 이 자유로움이 그대로 유지될 수 있었나요?

자유로움도 여러 가지로 해석할 수 있을 것 같아요. 조직에서 원하는 것을 하기 위해서는 제 개인적인 자유로움을 포기해야 하기는 하죠. 그래서 일단 나오면 제 의사대로 움직일 수 있을 거라고 생각했어요. 하지만 막상 조직을 벗어나 제 사업을 운영하게 되니까 또 달라요.

내 주방에서는 내 의사대로 움직일 수 있겠다는 생각에 치명적인 오류가 있었던 거예요. 레스토랑은 고객을 만족시키는 방향으로 움직여야 한다는 거죠. 내가 맛있게 먹을 음식을 만드는 게 아니라, 그 음식을 드실 상대인 고객이 맛있게 드시는 게 중요하죠.

조직에서는 자유로워졌을지언정 자신의 음식을 맛보는 고객으로부터 자유로워질 수 없는 거네요.

그렇죠. 자유에는 책임이 따른다는 말을 많이들 하잖아요. 충분히 자기 의무와 책임을 다했을 때 누릴 수 있는 것이 진정한 자유죠. 우리 일을 예로 들자면, 손님이 어떻게 하면 더 맛있고 편하게 식사를 즐길 수 있을지 먼저 고민해 모든 것의 바탕에 깔아 놓고, 나머지 부분들 안에서 자유롭게 움직이며 자기만의 음식을 만들고, 레스토랑을 꾸리는 거예요.

요즘 자유롭게 일하고, 자유로운 나만의 것을 만들고 싶다고 이야기하는 분들이 많은데, 어떤 일을 하더라도 고객에게서는 자

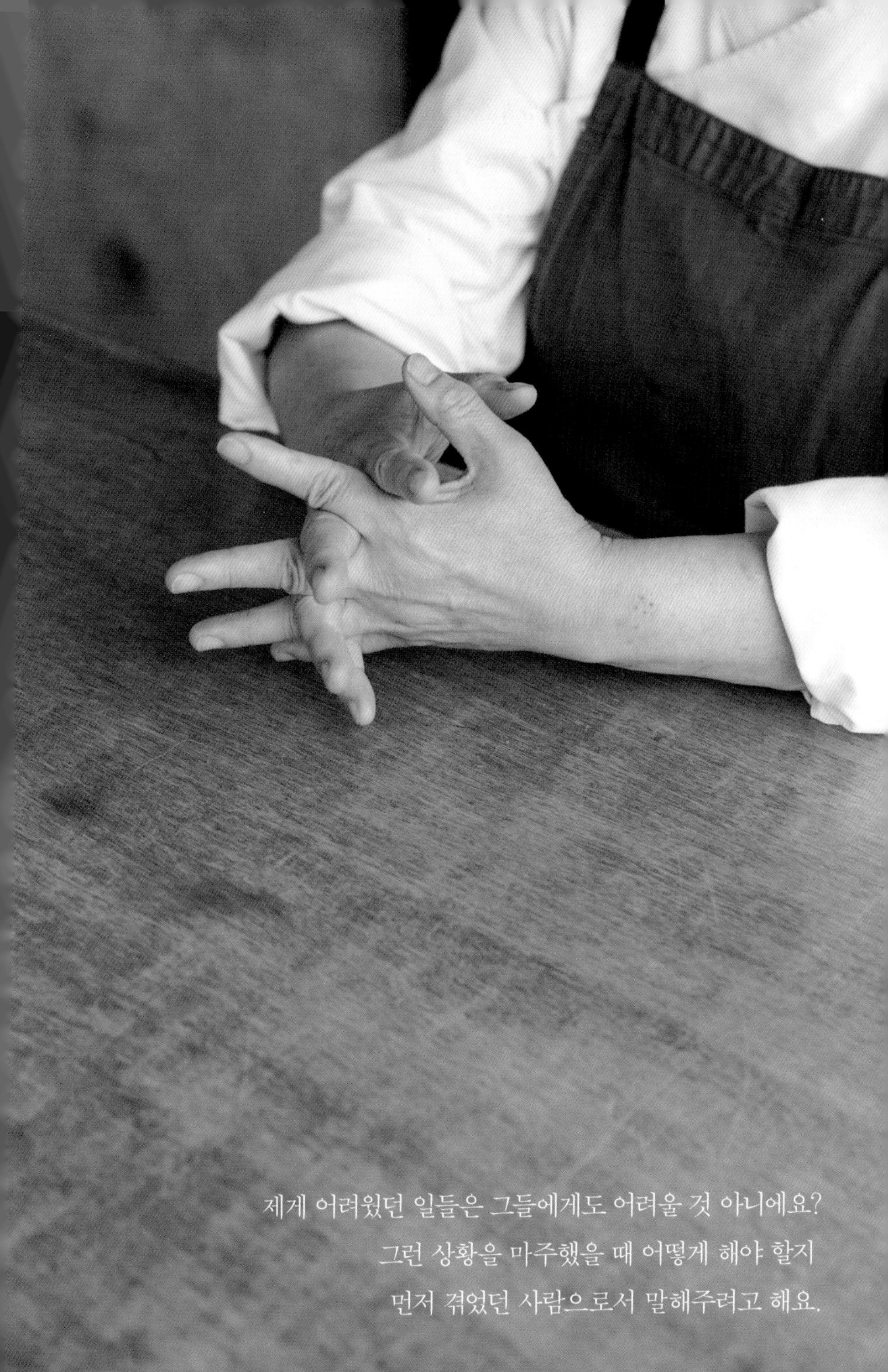

제게 어려웠던 일들은 그들에게도 어려울 것 아니에요?
그런 상황을 마주했을 때 어떻게 해야 할지
먼저 겪었던 사람으로서 말해주려고 해요.

유로울 수 없다는 것을 생각해봤으면 좋겠어요. 농담이지만, 고객에 대한 고민 없이 내가 하고 싶은 것을 뭐든 하고 싶다면 생각보다 돈이 아주 많이 필요할 거예요.

상대방의 정서와 입장에 맞춰, 그들의 방식으로 이야기했어요

요리를 시작하시기 전에 공립학교의 가정 교사셨다고요. 당시에는 가정 교사가 정말 인기 많은 직업이었잖아요. 요리사는 사람들의 인식 측면에서 교사와 정반대에 있는 직업이었고요. 그런데도 왜 요리사의 길을 선택하셨나요?

제가 어려움이 많은 가정환경에서 자라서, 가정의 중요성에 대해 많이 생각하게 됐어요. 그래서 좋은 부모가 되고, 좋은 가정을 이끌 수 있는 사람들을 키우고 교육해야겠다는 생각이 들어서 가정 교사가 돼야겠다고 생각한 거죠.

그렇게 학교에서 가정 교사를 하다가 겨울방학 때 잠시 호텔에서 주방 아르바이트를 한 거였거든요. 요리를 하다 보니까 막연하게 내가 잘할 수 있을 것 같은 느낌이 들었어요. 재미도 있었고요. 이 자리에 있을 때 내가 더 재능을 발휘할 수 있을 것 같다는 생각.

제가 지금 이렇게 될 거라고, 세상이 이렇게 변할 거라고 일말이라도 예측했던 것은 아니에요. 스스로 성장하거나 하는 것은 생각할 수도 없는 힘든 직장이었는데도 확실히 교사로서의 삶보다 흥미로웠어요. 그래서 방학이 끝나고 학교와 호텔이라는 갈림길에서 호텔을 선택한 거죠.

신라호텔에서 일하시면서 호텔 한식당의 명맥이 끊기던 그 시기를 온몸으로 겪으셨어요. 2003년이었죠, 신라호텔의 한식당이 결국은 문을 닫았던 게. 이후 2005년부터 1년간 주미 한국대사관저 총주방장을 역임하셨죠?

당시에는 대사관저 총주방장이라는 직함 자체가 없었어요. 대사관이나 영사관이 우리나라를 대표하는 외교기관임에도 불구하고 전문적인 조리사를 채용하던 시대가 아니었어요. 정치계의 영향력 있는 사람들이나 인플루언서 같은 중요한 손님을 모시는 대사관저에 전문 요리사를 파견해야 한다는 인식 자체가 없었던 시기였죠. 그런데 홍석현 회장(전 중앙일보 회장)님께서 주미 한국대사로 부임하시면서 큰 변화가 시도됐어요.

특히 회장님의 사모님(아름지기재단 이사장)께서 오래 전부터 우리나라의 의식주 문화에 대한 큰 사명감이 있으셨던 분이었어요. 식문화가 외교에서 굉장히 중요하다고 생각하시던 분이라 그릇하나, 수저 하나도 한국에서 작가들 작품으로 전부 맞춰서 갖고 가셨어요. 그리고 당시 제가 일하던 호텔에 연락해서 전문 요리사가 필요하니 추천해달라고 하신 거죠. 해외 대사관저에 정식으로 '셰프'라는 직함을 달고 나가기 시작한 게 우리가 거의 처음이었을 거예요. 파격적인 일이었죠.

그 경험이 저한테는 좋은 그릇에 우리 음식을 담아볼 수 있는 좋은 기회였어요. 외교에서 음식은 문화 전파에 굉장히 중요한 교두보라는 것을 깨달았고요.

2007년부터는 재단법인 아름지기(아름지기재단) 식문화연구 전문위원으로 일하셨어요. 아름지기재단은 문화유산을 올바르게 가꾸고 활용할 수 있는 방안을 모색하는 다양한 활동을 하는 곳으로 유명한데, 주미 한국대사관저 총주방장을 맡으며 아름지기재단과 인연이 닿으셨던 건가요?

그렇죠. 내가 그때 신라호텔을 그만두고 다른 브랜드 오픈을 준비하고 있었거든요. 그런데 신라호텔 식음료 부장이셨던 책임자님이 연락을 주셔서 주미 한국대사관저 총주방장으로 가보지 않겠냐고 하시더라고요. 저도 갈 수 없는 상황이라 몇 번이나 고사했는데, 꼭 함께 가면 좋겠다고 재청하셔서 가게 됐죠.

돌아와서 잠깐 우송대에서 교수로 일할 때도 계속 관계를 유지했어요. 아름지기재단에서는 의식주 문화를 다루는데, 음식에 대한 부분에서는 필요할 때마다 제가 조금씩 관여하게 됐어요. 행사가 있거나, 사보를 만들 때 들어가는 음식 사진을 촬영하고, 레시피도 만들고요. 음식에 관련된 전시를 할 때면 작가들의 작품이나 공예품과 전시 주제에 맞는 음식을 만들곤 했어요.

이사장님께서 오랫동안 꿈꿔오시던 식문화 연구기관이자 장인을 키워내는 레스토랑을 만들고 싶다는 청사진을 펼치기 시작했어요. 그게 현재의 온지음이죠.

온지음에서 셰프님의 역할은 무엇이었나요?

당시에는 아직 온지음이라는 이름도 없던 시기였어요. 이사장님을 비롯한 재단에서도 이런 공간의 필요성은 느꼈지만 전혀 전례가 없는 일이라 어떻게 진행해야 할지 감을 못 잡고 있을 때 함께 고민하고 준비를 하기는 했죠. 하지만 사실 저는 주방 레이아웃을 잡는 정도의 도움을 줬을 뿐이에요. 예전에 했던 인터뷰가 와전되어서 제가 너무 대단한 일을 한 것처럼 소개되고 있더라고요. 이번 인터뷰에 응하면서 이런 부분들을 꼭 한 번 정정하고 넘어가고 싶다고 생각했어요.

현재 온지음은 제가 아니라 조은희 방장님과 박성배 부방장님이 노력해서 만들어낸 결과물이에요. 물론 제가 아름지기재단에서 오랫동안 해왔던 음식들이 온지음을 세팅할 때 기반이 되기는 했지만 이제는 온전히 두 셰프님이라는 축을 중심으로 독보적인 방향을 찾아나가고 있다고 생각해요.

2020년에는 아시아 50 베스트 레스토랑 어워드에서 아시아 최고의 여성 셰프로 뽑히셨어요. 그리고 지금 한국의 다이닝 신에서 가장 영향력 있는 여성이시기도 합니다. 이 상을 받으신 후 셰프님과 셰프님 주변에 달라진 점이 있을까요?

저는 달라지지 않았는데 주변의 시선은 많이 달라졌어요. 여성 셰프로서 상을 받았기 때문인지 이전과는 조금 다른 각도로 저를 봐주시더라고요. 그러니까 저도 더 책임감이 생겨요. 사람들이 저를 정확히 인식하고 있으니 제가 하고자 하는 일에 힘이 조금 더 실리기도 하고요.

꼭 수상을 언급하지 않더라도 거의 40년에 가까운 긴 시간 주방을 지켜오셨는데, 그 시간이 어땠는지에 대한 이야기도 들어보고 싶습니다. 어느 분야든 여성들이 오래 남기 힘들지만, 셰프님은 교사셨다가 이 일에 뛰어드셨어요. 다른 직업도 겪어보신 셈인데, 요리업계라서 특히 여성으로서 힘든 지점이 있을까요?

요리가 참 신기한 것이, 원래 요리라고 하면 여자들의 일이라고 인식되잖아요. 그런데 직업이 되는 순간 남자들이 더 많아져요. 일차적으로는 체력적인 한계가 있어서겠지만, 저는 그보다 사회구조적인 문제가 있다고 봐요. 당시에는 여자는 결혼하면 직업적으로 성취가 적어도 괜찮다는 인식이 있는데, 남자들은 결혼하면 오히려 책임질 것이 생겼다고 말해주잖아요. 그런 사회적 인식 사이에서 여성들이 무언가를 이루기는 쉽지 않아요.

여기에 더해 주방에서 남자 요리사들과 목표하는 바를 이루어 내기 쉽지 않았어요. 1980년대 후반 세종호텔에서 일하던 시절에 처음 부서 책임자가 됐는데, 나이나 경험이 적은 여자 책임자로서 연배가 높은 선배 조리사들을 이끌고 간다는 것은 너무나 버거운 일이었죠. 직접 부딪치면서 실무적으로나 행정업무 그리고 인간적인 부분에서까지 모범을 보여야 한다고 생각했고 그렇게 되도록 노력해왔어요.

여성은 자신의 능력으로 얻어낸 당연한 것들까지 하나하나 증명해야 하기 때문에 시간도, 힘도 더 많이 드는 것 같아요. 앞으로 더 많은 여성이 외식업계에서 활동하기 위해서는 리더로서 사람들을 관리하고 이끄는 방법을 익혀야겠네요. 젊은 셰프들이나 요리를 공부하는 학생들이 이것을 미리 익힐 방법이 있을까요?

제 개인적인 생각으로는 리드하는 스타일이나 방법은 각자의 성향이나 경험에 따라 다를 수밖에 없다고 봐요. 그래서 '이렇게 해야 한다'고 한 가지로 이야기해 줄 수 없고요. 상대나 분위기, 환경 등이 천차만별이니 더욱 그렇지요.

제가 생각하는 방법을 참고로 말씀드리자면 상대방의 언어로 말하려고 해보는 것이 도움이 돼요. 저는 그들의 정서와 입장에 맞춰 말을 고르고, 그들의 방식으로 이야기했어요. 그리고 그들이 원하는 것이 무엇인지 끊임없이 소통하죠. 최대한 상대의 입장에서 접근하게 되면 자연스럽게 교감할 수 있는 부분이 많아지게 될 거예요.

마지막으로 여성 셰프로서, 셰프님이 만들고 싶은 주방의 모습이 궁금합니다.

제 주방은 여성과 남성의 일이 구분되지 않는 공간이 될 거예요. 여자라고 못하는 것도, 남자라고 더 잘하는 것도 없고, 그냥 요리를 함께하는 동료로 서로 돕는 곳이요. 아무도 못한다, 안 된다는 말은 못할 거예요.

요즘 들어 제게 현장에서의 시간이 많이 남지 않았다는 생각이 자꾸 들어요. '이제 여기까지네' 하는 마음보다는 끝이 오기 전에 최대한 많은 것을 해두고 싶어요. 앞으로 제가 지난 시간 동안 쌓아온 경험을 세상에 전달하는 데 집중하려고 해요. 제게 허락되는 날까지 현장에서 요리하면서 어떤 매체를 통해서도 전달할 수 없는 경험과 지식을 공유해야죠.

최대한 많은 것을 해두고 싶어요.
제가 지난 시간 동안 쌓아온 경험을
세상에 전달하는 데 집중하려고 해요.

새로운 길

맛있는 음식이 만들어지기 위해서는 과정이 중요합니다. 각기 다른 재료들이 얼마나, 어떻게 어우러지느냐에 따라 전혀 다른 요리가 되기도 하니까요. 새로운 요리가 만들어지는 과정을 보고 있자면 두렵기도, 기대되기도 하지만, 이들의 요리라면 충분히 기대할 만합니다. 김나운 셰프, 이슬기 셰프, 정혜민 셰프이기 때문입니다. 이들과 동시대를 살아가는 사람으로서 함께 응원하는 마음으로, 지금 이 시대의 주방에서 살아가는 법을 들어봤습니다.

페이스트리 셰프

김나운 셰프

자신있게 소개할 수 있는 나만의 것을 쌓아야 해요

레스토랑에서 디저트란 굉장히 작은 부분 같지만, 사실은 식사의 마지막 인상을 남기는 중요한 역할을 맡고 있습니다. 그래서 더욱 어렵고, 섬세하고, 아름답죠. 김나운 셰프는 바로 그 디저트를 설계하고, 만드는 사람입니다. 다양한 종류의 단맛을 층층이 쌓아 올리는 동시에 기분전환이 될 만한 작은 요소들을 조화롭게 배치하는 복합적인 디저트를 선보이죠. 그의 디저트는 늘 사람들을 미소 짓게 합니다.

요리는 만드는 사람을 닮는다는데, 김나운 셰프도 곁에 있으면 기분이 좋아집니다. 오늘에 대한 고민, 내일에 대한 걱정을 하다가도 이내 툭툭 털고 일어나 웃으면서 말하거든요. "일단 맛있는 것부터 먹을까?" 그는 제가 알고 있는 사람 중에서도 정말 단단한 젊은 셰프입니다.

Kim Na Woon

한국조리과학고등학교 졸업 후 바로 두바이의 5성급 호텔인 버즈알아랍Burj Al Arab에서 일하며 셰프의 길을 걷기 시작했다. 그 후 호주에서 워킹홀리데이 비자로 레스토랑 키Quay, 베넬롱Bennelong에서 페이스트리 헤드 셰프로 일했다. 2018년 한국으로 돌아와 고메 플레이그라운드 슈퍼막셰 오픈 멤버로 참여해 페이스트리부터 키친 파트의 메뉴를 개발하고, 현대식품관 투홈 입점 등과 관련해 가정간편식HRM 제품 개발에도 참여하며 셰프로서의 영역을 넓혔다. 자신만의 가게, 기업의 R&D 셰프 등을 꿈꾸며 자신의 길을 걸어가고 있다.

뭘 해야 할지 모르겠으면
일단 인사부터 시작해요

요즘은 어떤 디저트를 만들고 있나요?

클래식한 디저트에 저만의 스타일을 녹인 디저트를 만들어보고 있어요. 저는 완전히 새로운 것보다는 익숙한 듯 새로운 것을 좋아하더라고요. 최근에는 고수파블로바를 만들었는데 반응이 정말 좋았어요. 파블로바는 달걀흰자 머랭으로 만드는 달콤한 디저트인데, 여기에 고수로 만든 아이스크림을 더해봤어요. 호불호가 많이 갈릴 거라 생각했는데 고수를 좋아하지 않는 분들도 좋아해주시더라고요.

요즘 비건에 관심 있는 분들이 많아서 비트로 소르베를 만들어봤는데요, 허브그라니타 위에 쫀득한 비트소르베, 그리고 레몬젤리를 얹은 디저트예요. 이번 여름 신메뉴인데 이제 막 손님들한테 선보인 거라 반응을 지켜보고 있어요. 아무래도 새 디저트를 낼 때는 어떤 반응일지 늘 설레요.

처음부터 페이스트리 셰프를 꿈꾸고 커리어를 만들어온 건가요?

페이스트리 셰프가 되고 싶다고 생각한 적은 없었어요. 디저트를 좋아하기는 했지만, 제 일이 될 거라고는 생각해본 적이 없었죠. 첫 직장이었던 두바이에서도 디저트 파트가 아니라 메인 주방에서 요리했고, 호주에서 처음 일했던 곳인 키Quay에서도 마찬가지였고요. 디저트 쪽으로 커리어를 바꾸게 된 건 몸 때문이었어요.

사실 제가 아토피가 조금 심했거든요. 중학교 때는 너무 심해서 앉아서 잠을 잘 정도였고요. 고등학교 이후로 괜찮아져서 이제는 신경쓰지 않아도 되겠다 싶었는데, 호주 베넬롱Bennelong에서 일할 때 주방 열기 때문에 아토피가 엄청 심해졌어요. 이 정도로 심했던 적이 없었는데, 당황스러웠죠. 어떻게든 버텨야 하나 고민했지만 상태가 너무 심각해지면 귀국도 고려해야 할 정도였어요. 귀국하기엔 아쉽다는 마음이 앞서서 일단 페이스트리 섹션에서 일하기로 결정했고요. 아무래도 페이스트리 주방은 메인 주방보다 온도가 낮고, 뜨거운 것보다 차가운 것들을 주로 다루니까 아토피도 조금씩 가라앉더라고요.

4개월 즈음 지난 후에 갑자기 페이스트리 헤드 셰프로 일하던 친구가 건강 문제로 퇴사했고, 어쩔 수 없이 제가 섹션을 맡아 운영하는 인차지 셰프가 됐어요. 쉽지는 않았지만 노력했어요. 1년간 인차지 셰프로 일하다가 헤드 셰프 직급을 제안받았고요. 이후에 한국에 돌아와서도 계속 페이스트리 셰프로 일하고 있어요.

고등학생 때부터 요리를 했다고 들었어요. 조리고등학교(조리고) 졸업 후 바로 두바이로 갔는데, 조리고에서는 대학 대신 취직을 선택하는 학생이 많은 편인가요?

생각보다는 적어요. 대부분 대학교에 진학하고 바로 취직하는 케이스는 많지 않은 것으로 알아요. 저는 고등학교 2학년 겨울방학부터 스타지를 했어요. 스타지는 무급으로 일을 경험하는 건데, 그때는 열정이 너무 가득해서 빨리 현장에서 일하고 프로페셔널한 모습의 셰프가 되고 싶었거든요.

현장을 짧게나마 경험하니까 제가 진짜 배우고 싶은 건 교실이 아니라 주방에 있다는 것을 확신했어요. 현장에서 더 많은 것을 배웠어요. 더 필요한 것이 있으면 금방 배워내서 채웠고요. 꼭 대학교에 가야만 배움이 이어지는 건 아니라고 생각해요.

오히려 선생님들이 많이 걱정하셨어요. '여자 체력으로는 요리사 못한다' '여자는 영양사를 해라' 같은 말도 많이 들었죠. 하지만 지금까지 요리하는 걸 보면 틀리지 않은 선택이었던 것 같죠?(웃음)

해외에 나가기로 했을 때 영어로 의사소통할 수 있었나요?

하이, 하와 유? 아임 파인 땡큐 앤 유? 딱 이 정도 말할 수 있었어요. 한국인이라면 다 할 수 있는 말. 기본적인 했다, 왔다, 갔다 정도요. 과거형, 미래형, 이런 것도 몰라서 모든 게 현재형이었어요. 제가 한 말로 랩을 만들어서 놀리는 애들도 있었고요.

영어야 일단 가면 늘 거라 생각해서 마음 급하지는 않았던 것 같아요. 근데 영어를 못한다는 건 생각보다 열 배로 힘든 일이었어요. 무슨 일이든 하다 보면 의견충돌이 있을 수밖에 없잖아요. 그런 순간에 나와 내 일에 관해 설명할 수 없어서 불편하더라고요. 언어가 안 되면 내가 하고 싶은 말을 하는 게 아니라 할 수 있는 말을 하게 되잖아요. 싸우다 보면 내가 왜 이 일을 했는지, 왜 이렇게 했는지 설명해야 하는데, 이런 것들을 정확히 말할 수 없으니 괜히 더 혼나고. 사실 어떨 때는 선임의 말을 알아듣지 못해서 왜 혼나는지도 몰랐어요. 그런 것들이 너무 분하더라고요.

그래서 영어 공부를 시작했죠. 회화 위주로 파겠다고 〈프렌즈〉라는 미국 드라마를 보면서 따라 하고 외웠어요. 아무나 붙잡고 대화하면서 매일 조금 더 영어를 쓰려고 했고요. 말하면서 자연스럽게 상대의 이야기를 듣고 이해하게 되니까 영어가 더 빨리 늘었던 것 같아요. 어느 순간부터 제가 하고 싶은 말은 할 수 있게 됐어요. 그때부터는 혼나는 일도 줄었고요.

두바이에서 호주를 거쳐 7년간 해외에서 일했어요. 대부분의 커리어를 해외에서 보냈는데요, 지금까지 요리하면서 가장 큰 영향을 받았던 곳은 어디였나요?

요리사로서의 커리어를 시작한 곳은 두바이지만, 제가 셰프가 된 곳은 호주였어요.

고등학생 때 출전했던 요리대회의 부상으로 호주에 갔어요. 호주에서 가장 유명한 레스토랑인 키에서 식사했는데, 그때 맛본

음식이 저한테는 거의 '세상에 이런 일이' 급의 충격이었어요. 모든 메뉴가 다 새로웠지만 특히 토마토로 만든 요리에 엄청 감동했어요. 여러 가지 품종의 토마토를 각각 다른 방식으로 조리해 한 디시 안에 담아냈는데, 토마토 하나로 어떻게 이렇게 다양한 맛과 식감을 만들 수 있는지 너무 궁금한 거예요. 언젠가 꼭 이곳에서 일해보고 싶다고 생각했는데, 두바이를 떠날 즈음 그 요리가 가장 먼저 생각났어요. 그 길로 호주에 갔죠. 시드니에 도착하자마자 스타지로 일하고 싶다고 레스토랑을 찾아갔고, 운 좋게 6개월간 꿈꾸던 곳에서 일할 수 있었어요.

키에서의 생활은 마무리했지만 시드니에서 조금 더 머물고 싶다는 생각을 하던 와중에 키에서 함께 일했던 셰프와 연락이 닿았어요. 피터 길모어 셰프의 두 번째 레스토랑인 베넬롱이 오픈 준비 중인데, 혹시 같이 일할 생각이 있냐고 하더라고요. 당시에 워킹홀리데이 비자가 얼마 남지 않았을 때라 비자만 해결되면 당연히 일하고 싶다고 했고, 셰프와 회사를 통해 운이 좋게 스폰서 비자를 받을 수 있었어요.

여러 번 '운이 좋았다'고 하지만 주변 사람들과 좋은 관계를 유지한 덕분에 기회도 얻을 수 있었던 것 같아요. 사람들과 좋은 관계를 유지하는 자신만의 방법이 있나요?

저는 인사를 잘하자고 늘 생각해요. 제 존재를 어필하는 방법으로서의 인사요. 직접 만나는 분들뿐만 아니라 SNS에서 자주 보이고 궁금한 분이 있으면 일단 메시지를 보내서 괜히 인사를 먼저 했고요. 특별한 목적이 있었던 건 아니었어요. 때때로 근황에 대한 수다도 떨고, 조언을 구하기도 하고요.

키에서 스타지를 할 수 있었던 것도 그 덕분이었다고 생각해요. 키는 정말 유명한 레스토랑이고, 하루에 스타지를 요청하는 사람이 수십 명이에요. 이력서를 내고 오긴 했지만 가만히 있으면 승산이 없을 것 같아서 매일 밤 8시에 이메일로도 이력서를 보냈어요. 4~5일 동안 매일 메일을 보냈는데 답이 없더라고요. 솔직히 진짜 아쉬웠어요. 뭐든지 될 것 같다는 마음으로 호주에 왔는데 생각보다 쉽지 않구나 싶기도 했고.

그렇다고 손 놓고 있을 수는 없으니까 예전에 키에서 일했던 선배를 찾아 연락했어요. 조언이라도 구하자는 마음이었는데 제 이야기를 들은 선배가 셰프한테 대신 이야기를 해준 거예요. 덕분에 운 좋게 스타지를 시작할 수 있었어요.

인사로 기회를 만드는 사람이네요.

사람이든 일이든 부딪치지 않으면 아무 변화도 일어나지 않아요. 뭘 해야 할지 모르겠으면 일단 인사부터 시작하면 돼요.

키에는 직원이 정말 많아서 셰프가 모두의 이름을 기억하고 있지는 않아요. 그런데 저는 피터 셰프가 제 이름을 기억해줬으면 사람이든 일이든 부딪치지 않으면 아무 변화도 일어나지 않아요.
뭘 해야 할지 모르겠으면 일단 인사부터 시작하면 돼요.

좋겠다고 생각했어요. 그래서 셰프와 마주칠 때마다 "Hi, chef! I'm Alice from Korea." 하고 인사했죠. 6개월간 그렇게 꾸준히 인사했죠. 그리고 베넬롱에서 전 직원들이 모였던 첫날, 셰프가 저를 보고 "Hi, Alice" 하고 인사해줬어요. 그 순간 얼마나 뿌듯했는지 몰라요. 피터 셰프와는 아직도 종종 연락하는 사이예요.

내 안의 문법을 완전히 새로 세워야 해요

작년에 한국에 돌아오셨죠. 특별한 이유가 있었을 것 같아요. 최근에 해외에서 일하던 셰프들이 귀국 후에 바로 자신의 레스토랑을 여는 경우가 많잖아요. 셰프님도 비슷한 이유였나요?

힘들어서요!(웃음) 생각보다는 평범한 이유예요. 한 섹션을 책임지는 것이 쉬운 일이 아니더라고요. 그 책임 앞에 스스로 부끄럽지 않으려고 저를 많이 몰아붙였어요. 한창 스트레스 받을 때는 위염, 식도염, 두통으로 진통제를 달고 살았고, 창고에서 울기도 많이 울었어요. 그러다 결국 누구나 그렇듯이 번아웃이 왔고요. 아주 어릴 때부터 해외에서 오래 생활하기도 했으니, 이참에 좀 쉬고 싶었던 것 같아요. 그렇게 한 9개월쯤 쉬었어요.

한국에서는 이형준 셰프의 슈퍼막세에 오픈 멤버로 합류했어

요. 캐주얼한 컨셉의 레스토랑이었죠? 직전에 호주에서 일했던 곳들이 다 파인다이닝 레스토랑이라 한국에서도 당연히 다이닝 레스토랑을 선택할 줄 알았는데, 슈퍼막셰에 합류한 것은 굉장히 의외였어요.

같이 일해보지 않겠냐는 연락을 받고 많이 고민했어요. 바로 하겠다고 대답할 수가 없더라고요. 슈퍼막셰는 이전에 일했던 곳들과 완전히 상반된 컨셉의 캐주얼 레스토랑이라 걱정이 앞섰어요.

다이닝과 캐주얼 레스토랑은 일하는 스타일이 굉장히 달라요. 다이닝에서는 분과 초를 다투고, 어디까지 섬세할 수 있는지, 온몸의 신경을 곤두세워서 일하지만 캐주얼 레스토랑은 그렇지 않아요. 캐주얼 레스토랑은 다이닝에 비해 가격이 저렴하잖아요. 그만큼 투입되는 시간도, 인력도, 재료도 줄어요. 그래서 '어디까지 할 것이냐'에 대한 기준을 정하는 일이 중요했어요. 어떤 부분에서 힘을 빼고, 어떤 부분에서 힘을 줘야 하는지 요리사로서 내 안의 문법을 완전히 새로 세워야 해요. 그래서인지 주변에서도 괜찮겠냐고 우려하는 분들이 많았어요.

내 안의 문법을 새로 세워야 한다는 말이 정말 와닿네요. 좋은 것을 경험하고 나면 이전으로 돌아가기 어렵잖아요.

기준만 바꾸면 되는 게 아니라 동시에 훨씬 더 많은 손님을 만족시켜야 해요. 대중의 취향에 맞는 맛을 만들어야 하는데 이걸 제가 할 수 있을까 싶었어요. 그때 이형준 셰프님이 말해주시더라고요. "만드는 사람 입맛에 맞추면 돼." 나한테 맛있어야 남들한테도 맛있게 먹으라고 권할 수 있다고요. 여러모로 고민은 오래 했는데, 그때 조금 마음이 기울었던 것 같아요. 재미있을 것 같더라고요. 여태까지 해보지 않은 일이잖아요?

슈퍼막셰에서는 어떤 일을 했나요?

메뉴와 디저트 개발, R&D, 음식을 만들고 판매하는 일을 했고, 식재료 코스트 계산을 하고, 가격을 정하고, 직원들을 관리하는 일을 했어요.

업무의 스펙트럼이 셰프에서 매니저로 넓어진 셈이네요. 매니저가 되고 나서 생긴 가장 큰 변화는 무엇인가요?

주방에서 보내는 시간이 적어졌어요. 사실 제가 엑셀 같은 프로그램을 잘 못 다뤄요. 그래서 서류 하나 보는 것도 너무 힘들었고, 숫자도 너무 어려웠고, 엑셀에서 쓰는… 그 수식이라고 하나요? 그런 것들도 몰라서 진짜 하나하나 검색하며 입력해야 했어요. 솔직히 그냥 '노가다'였죠. 매일 배우고, 조금씩 더 익숙해지는 방법밖에는 없었던 것 같아요. 서류나 관리 업무의 비중이 늘다 보니 실제로 주방에서 요리하는 시간은 많지 않았어요.

요리하는 시간이 오히려 줄어든다는 것이 요리사에게 일어날 수 있는 가장 아이러니한 일 중에 하나가 아닐까 싶어요. 아무래도 쉬운 일이 아니었을 것 같아요. 모든 것을 내려놓고 싶은 순간은 없었나요?

농담을 반쯤 섞어서 '매일'이라고 대답해도 되나요? '요리사가 이런 일까지 해야 하나?' 같은 생각을 안 한 건 아니에요. 힘들 때, 그런 생각이 불쑥불쑥 고개를 들 때마다 이 모든 경험이 언젠가 도움이 될 거라고 생각하면서 하나하나 해나갔던 것 같아요.

슈퍼막셰에서는 이전에 경험하지 못한 많은 것들을 배울 수 있었어요. 곳곳에 위치한 매장에서 일하며 만난 손님들 덕분에 즐거운 일도 많았고요. 하지만 지금은 다시 주방으로 돌아가서 직접 무언가를 만들 때인 것 같아요. 저는 이제 겨우 30대니까 매니저라는 직급은 조금 나중에 달고 싶어요. 아무래도 요리사는 주방이 가장 어울리죠(웃음).

최근에 한 유튜브 채널에서 지금 일하고 있는 다이닝 레스토랑 클라로가 소개되면서 셰프님도 잠시 등장했잖아요. 아이스크림 뜨는 방법을 가르쳐주는 장면을 보면서 참 부드러운 사람이라고 생각했는데, 댓글을 보니 저만 그런 생각을 한 게 아닌 것 같더라고요. 좋은 사수라고 말하는 분들이 많았어요.

그 댓글들 다 캡처해서 보관하고 있어요! 별로 한 것도 없는데 좋게 봐주시는 분들이 많다는 게 신기하고 기쁘더라고요. 그간 미디어에 비친 셰프라는 캐릭터는 주방에서 소리를 지르거나 '버럭'하는 경우가 많았잖아요. 요즘은 그렇지 않아요. 주방 문화도 많이 바뀌었다고 느껴요.

처음 베넬롱에서 일할 때 아시아 여자애가 인차지 셰프로 있으니 너무 쉽게 생각하거나, 심할 때는 깔보는 사람도 있었어요. 서비스팀과 마찰이 잦았는데, 저를 무시한다는 느낌이 들면 선을 분명하게 그었어요. 화도 많이 냈고, 말도 조금 세게 하고요.

당시에는 그렇게 단호하고 강한 이미지를 유지하는 것이 팀리더의 모습이라고 생각했어요. 그런데 한국에 돌아와서 여러 사람과 셰프님들을 만나고 깨달았어요. 화를 내지 않으면서도 모두를 이끌어갈 수 있더라고요. 모든 사람에게 좋은 사람일 수는 없지만, 동시에 모든 사람에게 나쁜 사람일 필요도 없으니까요. 이제라도 부드럽고 유연한 사람이 되려고 노력하고 있어요.

앞으로를 위해 어떤 고민을 하고 있는지 궁금해요.

당장 지금 일하는 곳에서 그만두려고 하는 건 아니지만, 넥스트 스텝을 고민하고 있어요. 최근 자기만의 디저트 숍을 오픈하는 주변 사람들이 늘었어요. 아무래도 크든 작든 가게가 있으면 조금 더 자유롭게 디저트를 만들 수 있겠다 싶은 마음도 들지만, 아직 제 가게를 차릴 때는 아니라고 생각해요.

어떤 부분에서 힘을 빼고,
어떤 부분에서 힘을 줘야 하는지
요리사로서 내 안의 문법을
완전히 새로 세워야 했어요.

왜 아직 때가 아니라고 생각했는지 궁금해요. 이제 요리사로서는 10년 차인데, 그 정도면 자신만의 브랜드를 만들고 싶어지지 않나요?

얼마나 오래 일했는지는 사실 아무 의미도 없다고 생각해요. 짧은 시간을 일했더라도 정말 열심히 자기 시간을 쏟아 넣고 한 분야를 공부하면서 자신만의 메뉴를 개발할 수도 있고요, 다양한 분야를 경험하기 위해 많은 나라와 주방에서 일하며 10년 이상의 시간을 들일 수도 있고요. 스테이크 하나를 구워도 어떻게 굽고 전처리를 해야 더 맛있어지는지 스스로 공부한 사람과 그냥 구우라고 하니까 구운 사람은 차이가 있을 수밖에 없잖아요. 10년 동안 일한 것과 10년 동안 끊임없이 내 요리를 만들고 싶어 한 것에는 확실한 차이가 있어요. 그리고 요리만 잘한다고 해서 매장을 잘 운영할 수 있는 건 절대 아니잖아요. 매니징과 운영, 경영 측면까지 배웠을 때 매장을 열 준비가 된다고 생각해요.

그런 의미에서 저는 아직 부족하다고 느껴요. 요리를 하다가 페이스트리 쪽으로 넘어온 케이스라 10년간 한 길만 팠다고 하기는 어렵고요. 단순히 오래 일했다고, 이 정도면 내 가게를 할 수 있겠다는 마음은 저는 가져본 적이 없어요.

요즘 레스토랑이나 매장을 위해 투자도 많이 받는 걸로 알아요. 예전에는 회사가 투자했다면 요즘은 개인 투자자들도 많이 늘

었더라고요. 혹시 투자받아서 가게를 열겠다는 생각은 해보지 않았나요?

가능하면 투자는 받지 않을 거예요. 제가 고집이 워낙 세서(웃음). 투자를 받으면 투자자에게서 결코 자유로울 수 없어요. 오는 게 있으면 가는 것도 당연히 있는 거니까. 저는 저 이외의 의지를 제 메뉴나 매장에 개입시키고 싶지 않아요. 만약에 제가 제 가게를 연다면, 아주 작더라도 온전히 제 가게가 될 거예요.

아직은 제 메뉴들을 더 많이 만들어봐야 해요. 레스토랑에서 디저트는 3~4개로 한정되어 있고, 다른 메뉴와의 밸런스도 고려해야 해서 아주 많은 메뉴를 만들어볼 수가 없어요. 요즘은 자신 있게 내가 만들었다고 소개할 수 있는 나만의 디저트가 필요하다고 생각하고 있어요. 제 메뉴를 시도해볼 수 있는 팝업 다이닝 행사를 해볼까 고민도 하고요.

혼자서도 다양하게 시도해보려고요. 최근에 이사하면서 집이 넓어져서, 오븐을 사기로 했어요. 열심히 만들어서 주변 사람들에게 먹여보려고요. 그러다 반응이 좋은 아이템이 있으면 공유주방을 빌려서 작게나마 제품으로 만들어 판매해볼까 생각도 하고 있어요. 하지만 일단 2~3년 정도는 직장생활을 더 할까 싶어요.

직장생활이라면 다른 레스토랑으로 이직하려고 하는 건가요?

레스토랑에서 일한다면 여기서 계속 일할 것 같고요, 만약 이직

한다면 기업의 R&D 셰프로 일해보고 싶어요. 슈퍼막셰에서 일할 때 OEM으로 제품을 생산한 적이 있었어요. 백화점에 입점하면서 자체 생산으로는 물량을 감당할 수 없었거든요. 그냥 레시피 주고 제조를 맡기면 되는 줄 알았는데, 대량생산이란 완전히 다른 분야더라고요. 그 과정을 컨트롤하는 일이 특히 힘들었어요. 레시피를 주고, 샘플 만드는 과정을 수없이 거치며 제가 원하는 맛을 뽑아내야 하는데, 늘 작고 사소하다고 여겼던 부분에서 차이가 생겼어요. 그 차이를 좁혀가는 일이 저를 자주 고통스럽게 했죠. 하지만 만족스러운 결과물이 나왔을 때는 그보다 더 기쁠 수가 없었어요.

OEM이나 제품 생산은 사실 파인다이닝이나 작은 레스토랑에서는 경험해볼 수 없는 일이에요. 워낙 규모가 크니까요. 대량생산 시스템을 경험해본 다이닝 셰프는 손에 꼽을 거예요. 저는 그중 하나인 거고요. 요즘 RMR, HMR 제품들이 다양하게 출시되는 것을 보니, 저도 그 경험을 잘 살려서 식품기업이나 외식기업에서 신제품을 개발하는 R&D 셰프로 일해보고 싶어졌어요.

미래를 위한 구체적인 계획이 있는 것 같네요.

계획을 세우거나 정확한 미래를 그려보지는 않았어요. 아직은 모든 것을 준비하는 과정이라 생각하기도 하고요.

지금 내가 하는 일이나 내가 처한 현실에 만족하지 않아서 넥스트 스텝을 고민하는 건 아니에요. 아직 저는 배울 것이 많으니, 미리 고민해보는 거죠. 차근히 생각해볼수록 내가 무엇을 하고 싶은지가 확실해져요. 내게 어떤 것이 중요한지, 내가 포기할 수 없는 것은 무엇인지, 반대로 포기할 수 있는 것은 무엇인지요. 제게 중요한 건 제가 좋아하는 맛을 가진 메뉴를 사람들한테 소개하는 일이지, 돈을 많이 버는 일은 아닌 것 같아요.

김나운의 디저트라고 부를 수 있는 것들이 제 안에 쌓이고, 사람들의 머릿속에 기억될 즈음 제 가게를 내겠다고 결정할 수 있을 거라고 막연하게 생각해요. 하지만 이러다 갑자기 올해 말에 제 가게를 하겠다고 할 수도 있고요. 때가 언제 올지는 모르니까. 열심히 준비해볼게요!

오마카세 셰프

이슬기 셰프

파장이 깊은,
다이내믹한 흐름이 있는
오마카세가 좋아요

흩어져 있는 밥알을 손으로 가르고 모아 하나의 스시로 뭉쳐내는 데는 적당한 힘이 필요합니다. 셰프는 '적당한 힘'의 정도를 찾기 위해 수없이 밥을 쥐며 손에 감각을 새깁니다. 이슬기도 손에 힘을 넣고, 빼며 자신만의 답을 찾는 셰프 중 한 명입니다.

한국 타악기를 연주하며 치열한 과거를 보낸 그는 생계를 위해 일식 셰프의 길에 올랐습니다. 마의 구간과 다름없는 주방 밑단 일을 견디고, 빠르게 성장해 스시코우지에서 오마카세를 하는 셰프가 되었습니다. 그렇다고 안심할 수 없습니다. 그가 있는 주방은 여전히 배울 것도 익힐 것도 많기 때문입니다. 이슬기 셰프는 매일 성장의 고점에 서기 위해 얼굴에 튄 생선 비늘을 닦고, 도마를 정돈하고, 말끔한 모습으로 손님을 맞이할 것입니다.

Lee Seul Ki

호주에서 주방 경력을 쌓고 스시소라 막내를 거쳐 현재는 스시코우지의 오마카세를 집도하고 있다. 코우지 셰프의 유튜브 채널인 '코우지 TV'에 등장할 때마다 높은 조회수를 기록하며 많은 관심과 응원을 받으며 성장하는 중이다. 자신을 찾아온 손님들이 좋은 경험을 하는 데 집중하며 연마하고 있다.

매일 조금씩 발전하는 제 모습을 보는 게 좋았어요

스시코우지 그룹의 코우지 셰프가 운영하는 유튜브 채널 '코우지 TV'를 보고 이슬기 셰프님을 처음 알게 됐어요. 2020년에 업로드된 오마카세 데뷔전 영상이 조회수만 30만 회를 기록하며 많은 분이 셰프님의 성장을 응원해주셨죠.

스시소라에서 촬영한 영상이 업로드되고 조회수가 높아지면서 지명률도 솟기 시작했어요. 그때는 저를 응원해주는 손님보다 평가하려는 손님들에 대한 걱정을 많이 했던 것 같아요. 악플이랑 비슷하다고 생각했거든요. 꿈에서도 오마카세를 할 정도로 심리적인 압박이 있었어요. 내가 모르는 다수에게 평가받는 데 스트레스를 받은 거죠.

이런 고민을 선배님과 공유하기도 했어요. 사실 그분들도 인스타나 블로그에서 끊임없이 평가받고 있어서 비슷한 감정을 느끼고 있더라고요. 그런데 스트레스만 받으면 의미가 없잖아요. 영상이 주는 압박감에 잡아 먹혀서 자책만 하면 그걸로 끝인 거고, 영상에서 지적당한 점들을 고치고 보완하면 저는 한 단계 더 성장하는 거니까요. 단점에 대한 지적이 나오면 그 말 안 나오게 빨리 고쳐야겠다, 좀 더 자신감 있게 해야겠다고 생각하고 있어요.

스시코우지의 오너 셰프 코우지 상이 진행한 인터뷰에서 '먹고 살려고 칼 잡았다. 셰프가 되어야겠다 생각하고 요리를 시작한 건 아니다'라고 말씀하신 적이 있어요. 현실적인 고민 끝에 결정하신 일이었는데, 수많은 일 중 요리가 눈에 들어온 이유가 궁금했어요.

원래는 공연 기획을 공부하다가 휴학하고 타악기 전공으로 편입했는데, 어렸을 때부터 음악을 한 친구들을 따라잡으려면 어마어마한 시간을 투자해야 했어요. 그런데 연습만으로 되는 것도 아니더라고요. 인맥, 혈연으로 구성된 분위기 속에 제가 승부수를 던질 수 있는 게 없어 보였고, 솔직히 자신이 없었어요. 그래서 도피하듯 호주로 가서 당장 돈을 벌 수 있는 일을 택했는데 그게 회전초밥집 셰프였어요. 정확한 목표가 있었다기보다는, 주방에서 일할 때 하루하루 발전하는 제 모습을 보는 게 좋아서 일을 지속했어요. 매일 조금씩 발전하는 제 모습이 자랑스럽고 즐거웠죠. '하다 보니 적성에 맞았다'고 요약할 수 있겠네요.

한국과 호주 주방을 모두 경험하셨어요. 한국과 호주 주방의 차이점이 있나요?

한국이 좀 더 수직적인 구조라고 생각해요. 물론 호주 주방도 서열이 있지만 좀 더 자유로운 분위기예요. 헤드 셰프와 일반 셰프들 간에 피드백도 자연스럽고요.

또 한국 와서 놀랐던 게 제가 여러 가지 의미로 주목을 받더라고요. '일식 주방에 있는 여자'이기 때문에요. 호주에서는 단 한 번도 이런 경험을 한 적이 없거든요. 호주는 어떤 이유에서건 간에 주방에서 성별을 구별하지 않아요.

한국에서 돌아와 바로 스시코우지에서 일을 시작하셨는데, 호주에서의 경력을 인정받으셨는지 궁금해요.

인정 못 받았죠. 주방은 같이 일해보면 그 사람의 능력치가 바로 보여요. 3년을 일했든, 10년을 일했든 중요하지 않아요. 그런 의미에서 저는 한참 부족했어요. 바로 막내일을 시키시더라고요. 그래서 초반에는 홀 청소, 홀 세팅, 화장실 청소, 흔히 칼판이라고 부르는 생선손질, 뒷주방 보조, 온갖 일을 다 했어요. 심지어 예약 전화 받기, 수입 정산하는 매니저 대타 일까지 했어요. 그래도 하던 가락이 있다고, 이를 악물고 하니까 따라잡더라고요.

뒷주방에서는 어떤 일을 하나요?

보통 스시야에서 일하게 되면 홀 청소부터 시작해서 뒷주방으로 들어가 국물 내기나 튀김, 굽기 등의 불요리를 해요. 그다음 칼판으로 넘어와서 손님께 내어드릴 생선을 손질하는 순서로요. 사람들에게 흔히 초밥이라고 알려져 있는 니기리 스시를 내는 일을 제외한 모든 요리를 뒷주방에서 하는 거죠. 그만큼 다루는 식재료가 많기 때문에 재료를 이해하고 있어야 하고, 책임감을 갖고 재료 관리를 잘해야 해요. 또 일식에서는 국물 요리를 중요하게 생각하기 때문에 굉장히 세심하게 다뤄요. 얼마나 짠지, 끝에 쓴 맛은 안 나는지, 감칠맛이 얼마나 나는지, 생강향이 너무 세게 치고 나오진 않는지 등 미묘한 밸런스를 맞추려고 노력을 많이 해요. 첫맛부터 끝맛까지 보는 거죠. 손님들 앞에서 스시를 내는 앞다이 일만큼 뒷주방 일도 중요해요. '일식 셰프는 이륜차처럼 요리와 스시 실력이 동시에 갖춰져야 한다'라는 말이 있을 정도죠.

셰프님은 어느 분야에 더 특화되어 있나요?

일식 셰프마다 타고난 분야가 조금씩 달라요. 튀김이나 요리 쪽을 더 잘하시는 분들도 계시고, 저 같은 경우는 불을 다루기보다 생선을 깔끔하게 손질하거나 칼 쓰는 작업, 니기리 스시를 예리하게 잘해요.

다큐멘터리 〈스시 장인 : 지로의 꿈〉에 등장하는 스키야바시 지로의 어느 견습생이 달걀 스시를 인정받기 위해 반 년 동안 수백 개 이상 만들며 연습한 것처럼 어느 음식에 통달할 때까지 깊이 있게 훈련한다는 이야기를 보았어요. 그만큼 기술을 익히고 실력을 인정받으려면 밀도 있는 시간을 보내야 할 것 같아요.

저도 달걀 어마어마하게 말았어요(웃음). 1년 반 동안 이틀에 한

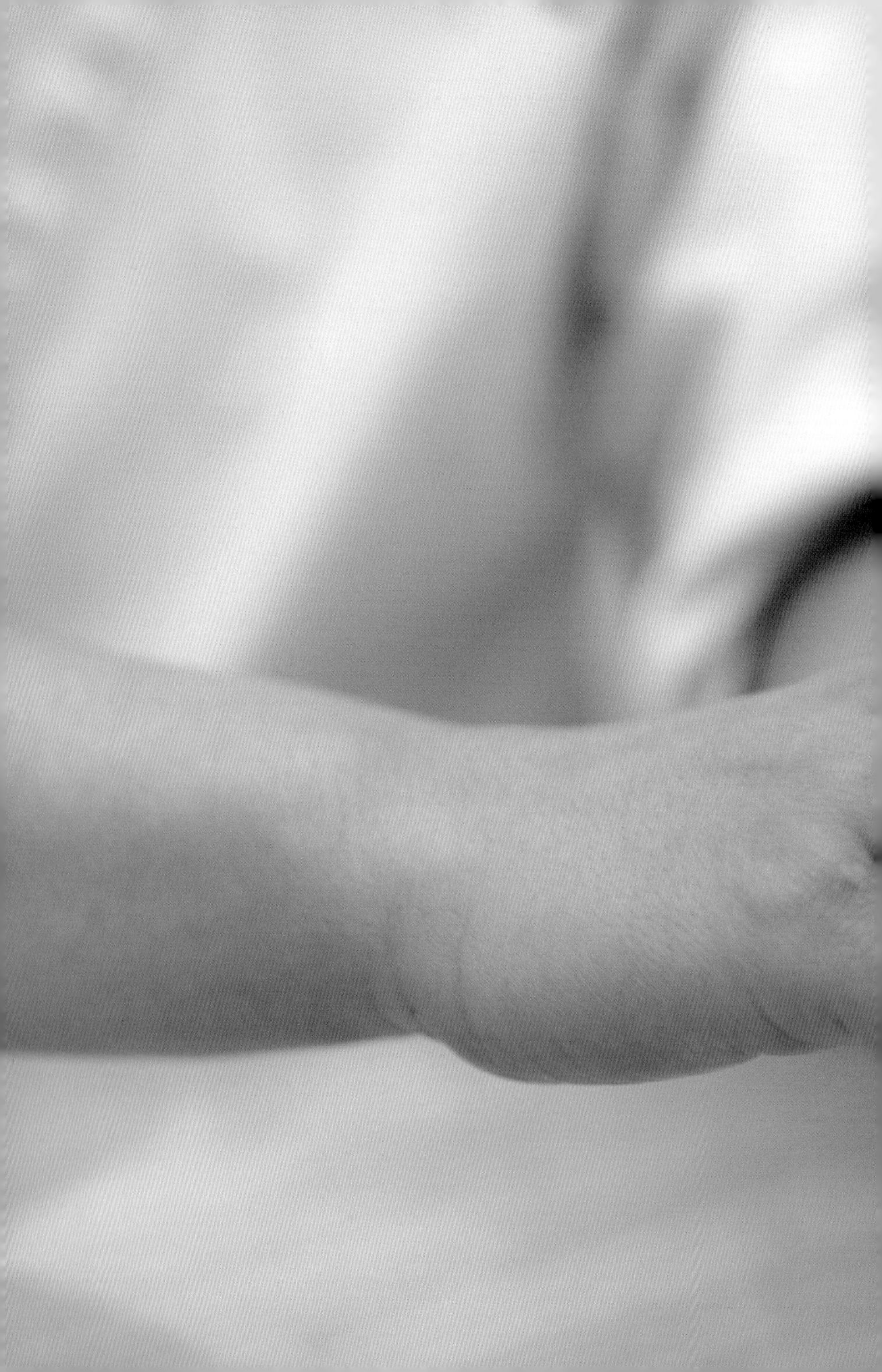

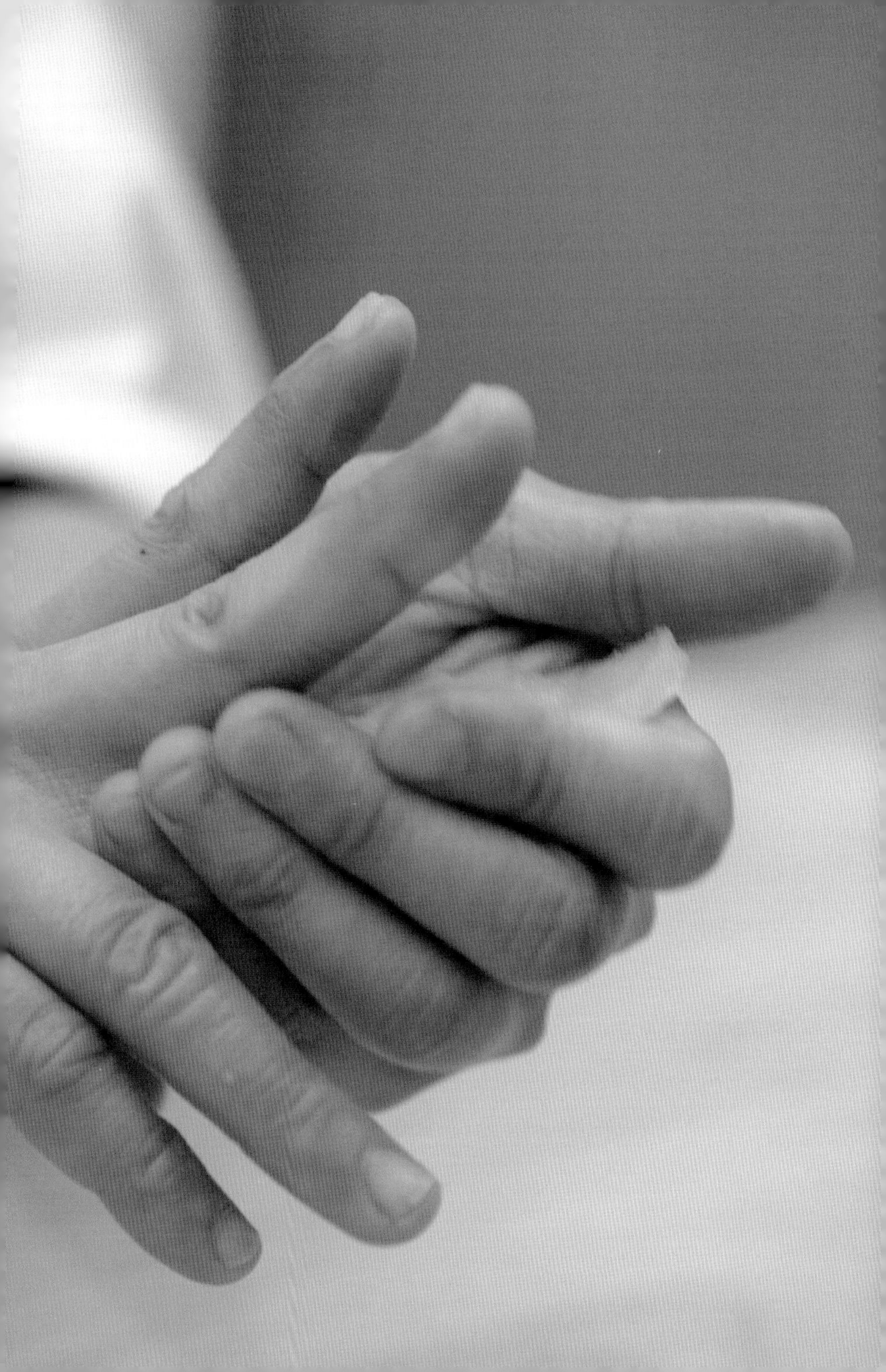

번 열 개씩 말았는데 처음에는 열 개 만드는 데 두 시간씩 걸리더라고요. 한 층 한 층 안 태우고 잘 마는 게 중요한데, 열에 대한 이해가 떨어지면 못 만들어요. 칼질도 스시코우지에 와서 다시 배웠고 쉬는 시간 쪼개가며 연습했어요.

일식 선배님들이 많이 해주시는 말씀이 있어요. '눈도둑질 많이 해라, 눈을 열심히 움직이면서 선배들이 하는 거 잘 봐둬라.' 제가 많이 혼났던 게 그렇게 옆에 붙어서 같이 일했으면서 선배들이 하는 걸 많이 놓치고 있었던 거. 일을 하나씩 알려주는 분위기라기보다는 스스로 습득해서 배워야 하는 경우가 대부분이거든요. 평소에 열심히 관찰하지 않으면 갑자기 찾아오는 기회를 놓쳐버릴 수 있죠. 한 기술을 자기 것으로 만들려면 많은 시간을 투자하고 몸이 힘든 과정을 거쳐야만 해요.

손님이 나를 신뢰하게끔 머릿속으로 트레이닝해요

'마라톤을 올림픽의 꽃이라고 하듯 일식에서는 초밥 바를 꽃이라고 불렀다'는 안효주 셰프님의 글처럼 손님 앞에 서는 날을 위해 막내 시절을 견디고 데뷔전 치르기를 꿈꾸는 분들이 많죠. 셰프님의 오마카세 데뷔는 어땠는지 궁금해요.

서른하나에 욕을 어마어마하게 먹으면서 반 년을 버텼는데, 욕심이 없었다면 거짓말이죠. 해내야만 하는 상황이었어요. 그런데 첫 데뷔전이 있다는 사실을 하루 전에 알려주셨어요! 심지어 경력 10년 셰프와의 대결이었고요. 제가 데뷔하거나 그분이 데뷔하거나. 이게 코우지 상의 방식인데, 시간을 주고 준비시키기보다 이미 준비된 사람인지 보려는 거죠. 평가받는 시간에 압박감이나 긴장감이 엄청난데, 그 속에서 해내는 게 진짜 실력이라고 생각하는 곳이거든요. 데뷔전 전날에는 잠도 안 오더라고요. 결국엔 탈락했습니다. 제가 만든 스시가 더 맛이 없었대요. 그 후로 시간이 좀 더 지난 후에 코우지 상의 허락을 받고 자연스레 데뷔하게 됐습니다.

오마카세 데뷔를 하고 나서 느끼신 게 있다면요?

'정신 차리자. 내가 정신 차리지 않으면 손님들이 맛없는 걸 먹게 된다'고 생각했어요.

데뷔를 하고 나서 제가 늘 하던 업무에 오마카세 집도가 더해져 업무량이 늘었어요. 정신적으로, 육체적으로 힘들더라고요. 손님 앞에 깔끔한 모습으로 서려면 손을 더 빠르게 움직여 작업 시간을 단 몇 분이라도 단축해야 했거든요. 오마카세를 할 때도 손님들이 식사 마무리까지 좋은 경험을 이어가도록 머릿속으로 음식 나가는 순서를 빠르게 계산해야 했고요. 이 모든 일을 실수 없이 하려면 바짝 정신 차리고 처음 데뷔했을 때처럼 긴장의 끈을 놓지 말아야겠다고 다짐하게 돼요.

코우지 유튜브 채널을 통해 셰프님의 접객이 좋았다는 피드백을 많이 봤어요. 접객을 잘하려면 요리 스킬과는 별도로 많은 것들을 신경써야 할 것 같아요. 더 나은 접객을 위해 어떤 시간을 보내고 있나요?

음식을 잘 내는 건 기본이고, 손님이 나를 신뢰하게끔 만들어야 해요. 셰프를 신뢰할 수 없으면 식사 시간 내내 불안할 수 있거든요. 오마카세 코스의 흐름과 식사 분위기를 주도하면서 손님이 원하는 것을 잘 파악해야 해요. 스시 두 피스 정도 내어드리고 대화하면서 손님이 샤리 양을 어느 정도 선호하시는지 관찰하는 거죠. 처음에는 어려웠는데 경험이 쌓이다 보니 이제는 자연스럽게 파악이 되더라고요. 저도 신기한 게, 일에 치여서 피곤하면 어제 뭘 먹었는지도 기억이 안 나는데, 손님이 와서 이야기하다 보면 그 손님이 싫어했던 것, 좋아했던 것들이 자연스럽게 기억이 나요(웃음). 손님이 누군가의 보살핌을 받으며 먹고 있다고 느낄 수 있어야 한다고 생각하면서 일하고 있어요. 코우지 상이 하는 걸 열심히 보면서 더 나은 접객을 하려고 하죠.

평소에는 머릿속으로 트레이닝을 해요. 가상의 인물을 만들어서 제 앞에 두 분을 앉혀놓고 실전처럼 손을 움직이면서 그 동작 그대로 훈련해요. '차 한 잔 드리고, 스시 내기 전에 간단한 음식으로 츠마미 내어드린 다음 광어를 드리고… 참치 뱃살 드실 때 즈음 뒷주방에서 튀김 들어가야겠다. 튀김 몇 분 정도 걸리니까 그사이에 차 한 잔 더 드리자. 튀김이 늦으면 한치 하나 드리고, 튀김이 먼저 나오면 그사이 고등어 봉초밥을 말아야겠다' 이런 식으로 어떤 음식이 나갈 타이밍을 잘 보고, 뒷주방에서 요리 나오는 시간을 계산해서 손님이 오마카세를 편안하게 즐기실 수 있도록 많이 신경쓰고 있어요.

오너 셰프가 있는 곳에서 오마카세를 집도하게 되면 어느 정도 정해진 틀 안에서 변주를 하게 될 것 같은데, 그 안에서 어떤 흐름을 만들고자 하시는지 궁금합니다.

오마카세의 기준을 만들 때 함께 일한 실장님 영향을 많이 받았어요. 그분이 잡은 맛의 기준이 제가 생각한 것과 비슷했기 때문에 실장님이 설계한 오마카세를 완벽하게 따라하려고 했죠. 코우지상도 항상 '내 걸 먼저 완벽하게 카피하고 네 걸 찾으라'고 말씀하세요. 신뢰가 쌓이고 나서는 터치를 많이 안 하시죠.

오마카세가 어느 정도 손에 익고 나니까 제가 만들고 싶은 흐름을 알겠더라고요. 보통 많은 스시야가 점점 강하게 연주하는 크레센도 셈여림표처럼 흰살 생선으로 시작해서 기름지고 진한 맛이 나는 생선을 내는 구성으로 내요. 저는 좀 더 파장이 깊고 다이내믹한 흐름을 좋아해요. 간이 세거나 기름기가 있으면 중간중간 상큼한 걸 내면서 손님의 혀가 지치지 않도록 만들죠.

특정 인물을
롤모델로 삼기보다
같이 일하는 동료들을 보면서
힘을 내는 편이에요.
그분들이 주방에서
계속 일하고 있는 걸 보고
'저 사람도 하니까,
나도 계속해야지' 하고
마음먹어요.

코우지 셰프는 '세상에 똑같은 초밥은 없으며, 사람들이 글을 쓸 때 개성이 있듯이 초밥도 만드는 사람마다 달라 세상에 똑같은 초밥을 하는 사람은 없다'고 말씀하셨어요. 이슬기 셰프의 초밥은 어떤 느낌이었으면 하나요?

간혹 여성분들이 밥을 조금만 잡아달라고 요청하시는데, 사실 손이 크신 분들은 그렇게 밥을 쥐기가 어렵거든요. 그건 스시가 아니라고 말하는 분들도 있을 거예요. 그런데 저는 손이 작아서 다른 셰프들보다 더 작게 쥘 수 있어요. 농담으로 샤리가 적은 초밥 드시고 싶으면 저에게 오시라고 하거든요. 저는 저를 찾아온 손님들이 자신에게 맞고, 맛있다고 느끼는 초밥을 내고 싶어요.

혹시 롤모델로 삼은 셰프가 있나요?

내가 버티려고 롤모델을 만드는 것도 있는 것 같아요. 그런 의미에서 특정 인물을 롤모델로 삼기보다 같이 일하는 동료들을 보면서 힘을 내는 편이에요. 그분들이 주방에서 계속 일하는 걸 보고 '저 사람도 하니까, 나도 계속해야지' 하고 마음먹어요. 같은 분야에서 앞서 일을 시작하신 여성 셰프님들이 어떤 생각을 하면서 그 힘든 세월을 버티셨는지 궁금하네요.

앞으로 이슬기 셰프는 어느 방향으로 나아가게 될까요?

저는 스스로 정해둔 '잘한다'의 기준에 한참 못 미친다고 생각해요. 제가 지명률이 잘 나오는 이례적인 케이스여서 미디어에 상대적으로 많이 노출된 것도 있어요. 실력이 특출나서 알려졌다기보다 시대의 흐름을 잘 탔고, 거기에 코우지 상이 바람을 잘 불어줘서 여기까지 온 것 같아요. 아마 여자라서 더 주목받는 게 있고, 여자라서 더 평가절하되는 것도 분명히 있을 거예요. 저를 어떻게 생각하든 알아서 판단하게 내버려두고 있어요. 이런 말들에 발목 잡히기보다 제 할 일을 열심히 해야죠. 저를 찾아주시는 손님들이 좋은 경험을 하는 데에 온 신경을 쓰고 싶어요.

뉴노르딕퀴진 셰프

정혜민 셰프

역할에 갇히지 않는 주방의 플레이어이고 싶어요

완벽한 조건이 갖춰진 채로 오직 꿈을 향해 나아갈 수 있는 사람이 세상에 몇 명이나 될까요. 우리는 모두 어딘가 부족하고, 어딘가 아쉬운 상태로 내일을 위한 꿈을 꿉니다. 스물여섯, 누구보다 에너지가 넘치는 젊은 셰프인 정혜민 셰프도 그렇습니다.

요리를 잘하는 셰프를 넘어서 스스로 브랜드가 되겠다는, 누구보다도 큰 꿈을 꾸며 매일을 살아가고, 가지지 못한 것에 대해 아쉬워하는 대신 어떻게 하면 그것을 가질 수 있을지 고민하고, 자신의 꿈과 비슷한 소리를 내는 곳을 찾으면 곧장 그곳으로 달려가 그것이 자신이 찾던 소리인지 확인하고야 맙니다. 그리고 해맑게 웃으며 어디로든 달려가 원하는 것을 가지고야 마는 그를 보고 있으면, 그가 꾸고 있는 꿈을 함께 꾸어보고 싶어집니다.

Jung Hye Min

고등학생 때부터 요리 기능대회를 준비하면서 본격적으로 요리를 시작했다. 이후 호주 아티카Attica와 덴마크 노마Noma, 108에서 일하며 경험을 쌓았다. 현재 패션 브랜드 데무와 함께 기획한 공간인 캐주얼다이닝 B3713의 헤드 셰프로 일하고 있다. 신선한 로컬 식재료와 자연발효를 기반으로 한 음식을 선보이며, 자신만의 브랜드를 구축해가고 있다.

요리사는 이야기나
가치를 전달하는 역할도 해요

요즘 어떤 고민을 하고 있나요?

제 요리가 브랜드가 되기 위해서는 무엇을 해야 하는지 고민하고 있어요.

보통 자신의 브랜드를 만들고 싶다면 자기 레스토랑을 오픈하기 마련인데, 지금 운영하고 있는 레스토랑이 자신의 레스토랑인가요?

아니에요. 좋은 투자자를 만나서 B3713이라는 레스토랑의 헤드셰프를 맡게 됐어요.

꼭 레스토랑이 아니어도 자신의 브랜드를 만들긴 하죠. 요즘은 제품을 만들어서 유통하는 일도 전에 비해 쉬워졌잖아요.

사실 레스토랑을 오픈하기 전에 밀키트 사업을 하려고 준비했어요. 큰 회사와 함께 밀키트를 개발하는 일이었는데, 점점 제가 만들고 싶은 걸 만드는 게 아니라 그들이 원하는 걸 만들어야 하는 상황이 되더라고요. 클라이언트가 있는 상황에서 그게 당연한 것임을 알지만, 저는 제가 하고 싶은 걸 하고 싶거든요. 결국 그 밀키트 사업에서는 손을 떼기로 결정하면서 생각을 다시 하게 됐어요. '아, 아직 네임밸류가 없고, 업계에서 신뢰도가 없으면 내가 하고 싶은 요리가 있어도 할 수 없고, 내가 보여주고 싶은 것이 있어도 보여줄 수 없겠구나.'

물론 제품을 만들려고 시도할 수도 있어요. 밀키트를 만들 수도 있고요. 하지만 사람들이 제가 누구인지, 무엇을 하는지 모르는 상황에서 제품을 만든다고 한들 잘 팔릴 것 같지 않더라고요. 인지도를 쌓으려면 어떻게 해야 할까 많이 고민했는데, 역시 제가 어떤 요리를 하는지 정확히 보여주는 게 먼저다 싶었어요. 그러려면 레스토랑에서 일하는 게 가장 좋고, 작은 레스토랑보다는 큰 레스토랑에서 일하는 게 좋잖아요. 제 능력으로는 그런 규모의 레스토랑은 아예 꿈꿀 수도 없어요. 그래서 안정적인 회사가 운영하는 레스토랑의 헤드 셰프로 들어가야겠다는 확신이 서더라고요.

제 색을 잘 드러내는 요리를 선보이려면 신규 레스토랑의 오픈 멤버로 합류하는 것이 가장 효율적일 것이라고 생각했는데, 운이 좋게 지금의 회사를 만났어요. 그간 많은 회사들과 미팅했지만 최종적으로 연결이 된 곳은 없었는데, 신기하게 제가 원했던 모든 조건과 딱 맞는 회사가 나타난 거죠. 기다린 보람이 있달까(웃음).

모든 것이 잘 맞았다니, 어떤 조건이었는지 궁금하네요. 함께할 회사를 결정할 때의 기준이 무엇이었나요?

저는 요리사가 음식을 만드는 사람일 뿐 아니라 이야기나 가치를 전달하는 역할도 한다고 생각해요. 그렇다면 저는 무엇을 어떻게 전달하고 싶은지 고민해봤더니, 하나의 역할에만 갇혀 있고 싶지는 않더라고요. 다양한 일을 해보고, 다양한 메뉴를 다루고, 다양한 손님을 만나고 싶어요.

지금의 회사와 첫 미팅을 했을 때 제가 원하는 것을 다 해봤으면 좋겠다는 말을 해주셨어요. 회사에서는 브런치나 와인 바, 비스트로 등 다양한 컨셉의 가게를 운영하려고 하고, 더 나아가서는 제품화까지도 생각하고 있는 상황이었고요. 하나에 집중하지 않고 다방면으로 사업을 전개하고 요리하는 일이 쉬운 일은 아니지만 저와는 꼭 맞는 방향이었던 거죠. 그래서 바로 함께하겠다고 결정했어요.

금전적인 부분이나 포지션도 물론 중요하지만, 회사와 나의 지향점이 같은지가 가장 중요했던 거군요. 그럼 지금 일하고 있는 공간은 어떤 곳인가요.

B3713은 낮에는 브런치를, 저녁에는 와인 바를 겸하는 캐주얼다이닝이에요. 코펜하겐에서 배운 자연발효를 기반으로 제철 식재료를 다루는 뉴노르딕퀴진New Nordic Cuisine을 즐길 수 있는 공간이죠.

뉴노르딕퀴진은 덴마크를 기반으로 시작된 미식의 흐름인데, 북유럽의 자연에서 얻을 수 있는 식재료를 사용해 그 식재료 본

저는 요리사가 음식을 만드는 사람일 뿐 아니라
이야기나 가치를 전달하는 역할도 한다고 생각해요.
저는 무엇을 어떻게 전달하고 싶은지 고민해봤더니,
하나의 역할에만 갇혀 있고 싶지는 않더라고요.

연의 맛을 가장 잘 드러내는 방식의 요리예요. 코펜하겐의 노마Noma라는 레스토랑이 대표적인 뉴노르딕퀴진 레스토랑인데, 저도 이곳의 테스트키친에서 인턴십을 하면서 뉴노르딕퀴진을 이해했어요.

사실 뉴노르딕퀴진을 기반으로 하는 브런치는 생각해본 적이 없었어요. 그런데 미팅을 하면서 브런치라는 말을 들으니 제가 코펜하겐에서 즐겼던 브런치가 떠오르더라고요. 제 경험에 녹아든 부드러운 햇살과 여유로움이 이 공간과 참 잘 어울린다고 생각했어요. 브런치라는 형식을 통하면 뉴노르딕퀴진이라는 개념이 사람들에게 가볍게 다가갈 수 있겠다는 생각도 했고요.

브런치를 먹으러 왔는데 알고 보니까 이 음식이 뉴노르딕퀴진이라더라, 다른 음식도 먹어보고 싶다 하면서 자연스럽게 관심을 갖게 되면 좋겠어요. 오픈한 지 얼마 되지 않았는데 여러 번 찾아주시는 손님들도 많고, 브런치를 먹은 후에 저녁 예약을 하시는 분들도 많아서 제 의도가 잘 받아들여지고 있는 것 같아요.

셰프는 문화를 전달하는 역할도 한다고 말했는데, 셰프님은 뉴노르딕퀴진의 문화를 B3713에서 전달하려는 것 같네요. 하지만 한국에서는 워낙 생소한 개념이라 전파하기가 쉽지만은 않을 것 같아요. 정확히 어떤 음식을 지향하고 있는지 알려줄 수 있나요?

굉장히 간결해 보이지만 실제로는 여러 가지 맛의 요소를 다 갖고 있는 복합적인 음식이에요. 하지만 동시에 직관적으로 맛있고요. 일부러 음식 이름도 간단하게 지었어요. '치킨' '치즈와 그레인' 이런 식으로 재료만 설명하는 느낌이죠. 손님들한테는 제가 어떤 요리를 하는지도 말하지 않아요. 그냥 음식을 낼 뿐이죠. 눈에, 혀에 천천히 스며들어서 익숙해졌으면 좋겠어요. 처음에 음식을 맛보셨던 회사 대표님들도 어색해하셨어요. 건강한 것은 알겠는데 익숙하지 않은 맛이라고요. 채식주의 음식이냐고 묻기도 하시고(웃음).

굉장히 다르고 생소한 개념인 것 같지만 사실 한국 음식과 겹치는 지점이 많은 요리예요. 한국에서도 제철 식재료와 발효를 다양하게 사용하잖아요. 뉴노르딕퀴진도 마찬가지예요. 특히 제가 인턴십을 했던 노마는 발효를 통해 식재료에 새로운 맛과 향을 입혀내는 데 집중하는 곳이었어요. 그래서 저도 한국 식재료에 노마의 기술을 더하고 있죠.

B3713의 모든 메뉴를 다 아끼지만, 제가 가장 좋아하는 메뉴는 '계절 과일 샐러드'예요. 지금은 방울토마토와 체리, 직접 짜낸 사과즙에 절인 사과와 콜라비를 넣고 자연발효한 포도드레싱을 곁들여요. 여기에 살짝 절인 인삼꽃으로 쌉싸름한 맛을 더하고요. 단순하고 익숙한 이름이라 별로 기대하지 않고 시키잖아요. 그런데 맛은 단순하지 않아요. 다양한 발효기술을 더해서 각 재

료에 그 계절의 맛을 최대한으로 담아내요. 강한 반전이 있는 섬세한 요리이면서도 뉴노르딕퀴진의 의미를 담아낸 요리죠. 인삼꽃으로 한국적인 요소를 깊게 더했고요.

다양한 방법으로 채소 본연의 맛을 이끌어내고 싶어요

요리를 본격적으로 시작한 건 언제부터였나요?

고등학교 때였어요. 고향인 창원에 있는 경남관광고등학교에 입학해서 기능대회 준비를 하면서 본격적으로 요리를 시작했어요. 기능대회 준비하는 팀을 '선수반'이라고 불렀는데 선수반에 들어가면 수업을 거의 듣지 않고 요리연습만 해요. 매일 요리만 하고 기능대회 준비를 하죠. 대회에 나가려면 칼이나 팬 같은 여러 조리도구를 개인적으로 구비해야 하는데 당시의 관광고는 성적이 좋지 않은 학생들이 모이는 곳이라는 편견이 있던 때라 부모님도 반대를 많이 하셨고, 지원을 받을 수 없었어요. 그래서 아르바이트도 했죠.

학교가 끝나면 일하러 가고, 다시 학교로 돌아와서 요리연습을 했어요. 집에 갈 시간이 없어서 학교 광장에서 자고, 샤워도 걸레 빠는 곳에서 대충 해결하기도 했어요. 지역대회에서 3등 안에 들면 전국대회에 나갈 수 있고, 전국대회에서 1등을 하면 국가대표로 세계대회에 나갈 수 있거든요. 꼭 전국대회까지는 나가고 싶었어요. 열심히 하면 어떻게든 좋은 성과를 낼 수 있을 줄 알았는데, 사실 도내에서도 내로라 하는 학생들은 다 모이는 거잖아요. 결국 아쉽게 4등으로 마무리해야 했어요.

이후에는 집에서 그리 멀지 않은 마산대학교에 입학해서 계속 요리를 공부했어요. 그런데 계속 답답한 마음이 들더라고요. 처음엔 그냥 요리가 좋았는데, 어느 순간부터 요리를 통해 새로운 세상을 보고 싶었어요. 무작정 서울에 가야 한다고 생각했는데 당시 가정형편이 넉넉하지 않았거든요. 서울에 올라갈 기회를 만들어야겠다고 생각하니까 가장 현실적인 창구는 요리대회에 나가는 것뿐이더라고요. 그래서 정말 많은 요리대회에 나갔고, 서울에도 자주 갔어요.

그러다 운좋게 서울의 파인다이닝에서 일할 기회가 생겼는데, 첫날부터 칼질을 지적당했어요. 호텔이나 패밀리레스토랑에서 일할 때는 빠르다고 칭찬을 많이 받았거든요? 그런데 파인다이닝에서는 빠른 것보다도 정밀한 것이 중요하다는 것을 몰랐던 거예요. 제 세상이 그만큼 작고 좁았단 뜻이었죠. 그때 파인다이닝에 빠져들었어요. 늘 긴장감이 팽팽하게 당겨져 있고, 사람들과 완벽하게 호흡을 맞추는 일이 매력적이었어요.

확실히 파인다이닝에는 잘 벼려진 칼날 같은 아찔한 매력이 있

죠. 그 매력에 빠져서 호주와 덴마크의 파인다이닝을 거쳐 여기까지 달려왔군요. 요리사로서 커리어를 쌓으며 가장 큰 영향을 받은 곳이 노마였나요?

반은 맞고, 반은 틀려요. 기술적인 측면에서 보면 노마에서 보낸 3개월이 제게 큰 영향을 끼치기는 했어요. 운 좋게 노마의 여러 주방 중에서도 노마의 셰프인 르네 레드제피와 6명의 수셰프가 다음 시즌의 메뉴를 연구하는 테스트키친에 들어갈 수 있었거든요. 이 테스트키친은 발효를 담당하는 주방과 밀접한 관계를 맺고 있어서 냉장고에 가면 조그만 컵에 모든 재료들이 소분되어 있어요. 허브, 오일, 식초 등 온갖 것들로 가득하죠. 검색해도 나오지 않은 재료도 많고요.

너무 신이 나서 "여기 있는 거 다 먹어봐도 돼?" 하고 물어봤어요. 그때부터 시간 날 때마다 냉장고 안에서 식재료을 맛보며 테이스팅 노트를 만들었어요. 짧은 인턴십 기간이지만, 뭔가를 만들어보고 싶다는 생각에 순무로 물김치를 만들고, 명이나물로 장아찌를 만들었어요. 테스트키친 사람들과 함께 맛을 보고, 우리 발효음식이 노마의 주방 안에서 실제 메뉴로 확장되는 것을 보면서 발효라는 기술에 깊게 관심을 갖게 된 것 같아요.

하지만 제가 요리사로서 가장 큰 영향을 받았던 곳은 호주의 아티카Attica예요.

뉴노르딕퀴진을 선보이는 셰프라 당연히 노마에서 영향을 받았을 것으로 생각했는데, 의외예요. 그러고 보니 아티카에서 한국인으로는 처음으로 정직원 자리를 제안받으셨죠?

어디든 스타지에서 정직원으로 전환되는 비율이 워낙 낮거든요. 그래서 어떻게든 내가 할 수 있다는 것을 보여줘야겠다는 생각에 청소를 정말 열심히 했어요. 여기저기 찾아가서 "What should I do?" 하고 물으면서 허드렛일 하나라도 더 돕고요. 당시에는 제가 정말 실력이 좋아서 정직원이 됐다고 생각했는데 지금 생각해보니 그냥 제 태도가 마음에 들었나봐요. 실력이란 게 존재하지 않는 때였으니까(웃음).

정직원이 된 다음에도 쉽지는 않았어요. 당시 제 직급은 막내인 꼬미Commis였는데, 꼬미는 보통 콜드키친에서 허브를 따는 일을 해요. 그러다 정말 운 좋게 메인 주방에서 일을 시작하게 됐어요. 그런데 막상 주방에 들어갔더니 테이블도 너무 높고, 찬장도 너무 높아서 손이 안 닿는 거예요. 보시다시피 제가 키가 정말 작거든요? 결국 현실적으로 일하기가 너무 어려웠죠. 너무 불쌍해 보였는지 셰프가 전용 발디딤대를 사줬을 정도로요.

남성의 평균 키를 기준으로 주방이 세팅되어 있는 경우가 많죠. 여성들에게 구조적으로 맞지 않을 때가 많다는 것을 느껴요.

맞아요. 제가 키가 평균보다도 작은 편이라 문제가 더 크긴 하지

만, 기본적으로 여성에게는 조금 높은 위치에 선반이 설치되어 있고, 조리대도 좀 높아요. 사실 지금 주방도 제 키에 맞지 않아요. 제 주방인데도 까치발을 들어야 쓸 수 있는 도구가 있고요. 모든 것을 커스텀 제작으로 하지 않고 기성품을 사면 비슷한 문제는 계속 생길 수밖에 없는 거죠. 꼭 제가 여성이라서가 아니라 다양한 신체조건을 가진 사람들이 함께 사용할 수 있는 주방설비가 가능했으면 좋겠어요.

다시 아티카 이야기로 돌아가볼까요. 아티카에서의 경험 중 가장 인상적인 일은 무엇인가요?

아티카에서는 아침마다 모두 함께 아이스박스를 들고 농장으로 가서 그날 사용할 채소와 허브를 따는 시간이 있어요. 그 농장에 걸어가는 순간이 아직도 기억에 남아요. 젖은 이파리나 마른 흙, 땅 속의 뿌리를 캐내던 순간과 감촉이 아직도 생생하고요. 아티카에서는 바로 그 싱그러움을 모아서 요리를 만들어요. 그 농장에서 따는 채소나 허브가 아주 특별한 것이 아니에요. 호주의 시장 어디서든 만날 수 있는 일상적인 식재료들이죠. 평범한 식재료를 섬세하게 조리해서 본연의 맛을 끌어올리고, 그 음식을 맛보는 손님에게는 새로운 경험을 선물해요.

지금 저도 발효기술을 사용하더라도 기본은 일상적인 식재료예요. 거래하는 농부분들께 가능하면 흠집이 나서 못쓰는 과일이나 채소를 제게 파시라고 해요. 흠이 조금만 있어도, 너무 작아도, 너무 커도 버려지는 식재료들이 너무 아까워서요. 저는 그런 식재료를 받아서 오일을 뽑기도 하고, 주스를 짜내서 발효하는데 사용하고 있어요. 다양한 방법으로 채소 본연의 맛을 이끌어내고 싶어서요.

아티카에서 일하고 머물렀던 시간은 제 삶에 많은 영향을 끼쳤어요. 식재료를 다루는 방법과 마음가짐에 대해 배웠죠. 내가 어떤 것을 좋아하는지 기준을 만드는 시간이었고, 제가 앞으로 어떤 셰프가 되고 싶은지도 그때 정했어요.

어떤 셰프가 되고 싶은가요?

저는 친근한 셰프가 되고 싶어요. 위계질서의 시스템으로 돌아가는 주방이 아니라 서로에 대한 신뢰를 바탕으로 돌아가는 주방을 만들고 싶어요. 그리고 단순히 요리가 아니라 사회나 문화적인 흐름을 만들어가는 셰프가 되고 싶고요. 동시에 함께 일했던 사람들에게 완벽한 사람으로 기억되면 좋겠어요.

'완벽한 사람'의 기준은 무엇인가요?

어떤 일이든 모두 잘하는 사람? 요리를 잘하는 건 기본이고, 사람을 잘 다루는 사람이에요. 저 스스로를 포함해서요. 제 가장 큰 장점은 분위기를 잘 이끌어간다는 점이에요. 저와 함께 일했던 아티카의 수셰프가 "네가 기분이 좋을 때 우리 레스토랑 분위기도 좋아져. 달라져. 음악이 달라지는 것 같은 느낌이야"라고 해준 적이 있을 정도로요.

그런데 점점 높은 직급으로 일하다 보니까 분위기를 잘 이끌어간다는 점이 단점도 된다는 사실을 알게 됐어요. 내 기분이 안 좋으면 예민해지니까, 주방이나 주변 사람들이 모두 제 분위기를 따라가더라고요. 이제는 제가 주방을 이끌어나가는 역할이니까 더더욱 스스로 감정 컨트롤을 잘 해야겠다고 생각해요.

그리고 더 요리를 잘하기 위해서 공부도 많이 해야죠. 공부를 계속하면서 외식업계를 비롯한 사회 전반의 트렌드를 읽고 한발 앞서 선보이는 사람이 되고 싶어요.

발효기술을 사용하더라도 기본은
일상적인 식재료를 사용하는 것에 두고 있어요.
다양한 방법으로 채소 본연의 맛을 이끌어내고 싶어서요.

지금 20대 중반이에요. 혹시 50대 이후의 삶은 어떨지 그려본 적이 있나요?

50대라… 당장은 되게 먼 이야기 같아요. 해외에서 미쉐린 스타를 받은 유명 레스토랑에서 일할 때는 어떻게든 내 레스토랑을 오픈한 후에 30대 중반에 무조건 아시아 50 베스트 레스토랑 어워드에서 '올해의 여성 셰프' 상을 받겠다고 다짐했어요. 조희숙 셰프님이 받으셨던 바로 그 상이요. 그리고 가능한 오래 열심히 일하지 않을까 하고 막연히 생각했던 것 같아요.

사실 작년에 큰 수술을 했어요. 호주에서 자전거 사고로 손목을 다친 적이 있었는데 당시에는 크게 신경쓰지 않았죠. 그런데 시간이 조금 지나 코펜하겐에서 지내던 중 출근을 하려는데 손목이 너무 아프더라고요. 손을 아예 움직일 수도 없을 만큼 아팠어요. 바로 병원에 갔어야 했지만 인원이 부족했던 상황이라 일단은 어떻게든 일을 하고, 병원에 가서 물리치료를 받으면서 버텼어요. 그런데 아무리 치료를 받아도 나아지지 않아서 결국 한국에 돌아와서 치료를 받기로 했죠. 한국의 병원에서 양 손목의 건초염이 심하다는 진단을 받았고 염증을 제거했어요. 회복이 끝나면 일상생활은 가능하다고 하는데, 사실상 손목을 전처럼 쓰는 일은 쉽지 않아요. 갑자기 아파서 또 모든 것을 멈춰야 할까 봐 일하는 강도도 낮출 수밖에 없고요.

늘 차근차근 단계를 밟는 삶을 살아왔어요. 한 걸음 한 걸음 꾸준히 걸어올라가면 목적지에 닿을 수 있을 거라는 믿음과 희망이 있는 삶. 그런데 그 길 중간에 벽이 생긴 느낌이에요. 이제는 미쉐린을 좇는 파인다이닝 셰프의 길은 접어두었어요. 파인다이닝 셰프가 되는 것만이 셰프로서의 목표는 아니니까요.

하지만 포기하고 싶지는 않아요. 손목이 허락하는 한 저는 확실히 아직 플레이어이고 싶어요. 주방에서 계속 뛰어놀고 싶고요. 주방을 벗어나기엔 아직 주방에서 하고 싶은 것도, 할 수 있는 것도, 보여주고 싶은 것도 너무 많아요. 제 브랜드를 만들고, 제 제품을 만드는 일은 조금 후에 해도 늦지 않으니까요.

이 이야기의 끝에서,

자신의 미래를 선명하게 상상하고, 이를 향해 나아가는

독자분의 모습을 그려봅니다.

저희도 앞으로 멈추지 않고, 음식과 사람에 대한 이야기를

쓰고, 찍고, 담아 선보이겠습니다.

우리의 이야기가 겹쳐지는 언젠가의 내일에

멋진 일을 함께할 수 있기를 바랍니다.

요리가 전부는 아니지만

새로운 맛으로 자신의 멋을 만든 여성들

2021년 8월 26일 초판1쇄 발행

지은이 김나영, 이은솔
펴낸이 권정희
책임편집 이은규 | 콘텐츠사업부 박선영 | 펴낸곳 ㈜북스톤 | 주소 서울특별시 성동구 연무장7길 11, 8층 대표전화 02-6463-7000 | 팩스 02-6499-1706 | 이메일 info@book-stone.co.kr 출판등록 2015년 1월 2일 제2018-000078호

ISBN 979-11-91211-43-6 (03810)

북스톤은 세상에 오래 남는 책을 만들고자 합니다. 이에 동참을 원하는 독자 여러분의 아이디어와 원고를 기다리고 있습니다. 책으로 엮기를 원하는 기획이나 원고가 있으신 분은 연락처와 함께 이메일 info@bookstone.co.kr로 보내주세요. 돌에 새기듯, 오래 남는 지혜를 전하는 데 힘쓰겠습니다.